大竹昭子
Otake Akiko

東京凸凹散歩

荷風にならって

亜紀書房

小日向・鷺坂
傾斜のきつい坂が稲妻形にふたつつづく

奉納大正十三年九月

白山・白山神社
小高い丘の突端に境内がつきだしている

落合・おとめ山公園
湧き水を利用して蛍の養殖が行われている

中目黒・冨士講跡
目黒川方面を見下ろす180度の風景

東京凸凹散歩

目次

序

街並みをバリカンで刈りとる

東京は坂と丘と谷の街である、と聞いてピンとくるのはよく歩く人である。電車やバスやマイカーで移動している人はこれを知らない。頭ではわかっていてもからだが納得していない。自転車の人はもう少し実感しているはずだと思うのは、少しでも標高が上がるとペダルが重くなるからで、彼らはいつも坂を避けて通るルートを探している。

けれども、だれよりも東京の凸凹《でこぼこ》を慈しみ知りつくしているのは、足の裏にそれを刻みつけている歩行の人だろう。彼らは地名を言われると思わず目を閉じ、そこがどんな起伏だったかを思い浮かべようとする。ほとんど反射的な行為だ。

というのも、目的地はすぐそこなのに、途中に崖があったり、川が挟まっていたり、うねった道に方向感覚を惑わされたり、急坂を上らされたりして、すんなりとはたどり着けないことが東京では少なくないからだ。そんな経験が彼らのからだにはぎっしりと詰まっていて、地名を聞くとすぐに検索のスイッチが入ってしまうのである。

台地と平地を色分けした地形図を見れば、その気持ちに少しは近づけるかもしれない。これが本当に東京かと目を疑うほどの複雑さである。川の流れに切断された台地に、さらに小さな谷が血管のように入りこんでいるさまは、まさに脳みその皺という表現がぴったりで、こんなに複雑怪奇な土地にそうと知らずにのうのうと暮らしている自分に唖然とするほどなのである。

はじめのころは地形図を見てもどこか別の土地のような印象があり、リアリティーが湧かなかった。道路地図を重ねようとしても、糊の利いていない封筒の口のようにすぐに浮いてはがれてしまう。

そこで、谷のひとつひとつを、坂の一本一本を、足に覚えさせて自分なりの地図を描くしかないと思い定めて歩くことにした。今日はこのエリアと決めて歩きまわり、帰ったら地形図でそのルートを確かめ、それをまた手でノートに描きおこす。まどろっこしいやり方だが、そうでもしないと皺のひとつひとつが私のなかに入ってこないのだった。

街を歩くときに先達として仰ぐのは永井荷風である。彼には『日和下駄《ひよりげた》』という街歩きの草分けともいえる散歩エッセイがある。

明治四十一年に渡航先のヨーロッパから帰国した荷風は、四十三年に慶應義塾大学の教授に就任し、『三田文学』を創刊する。「日和下駄」はそこで大正三年八月から翌年六月まで連載された。三十四歳から三十五歳にかけての比較的若いときの作品である。

歩行の成果が「日和下駄」「淫祠《いんし》」「樹」「地図」「寺」「水」「路地」「閑地」「崖」「坂」「夕陽」の十一項目に分けて紹介されており、思いつきでぶらぶら歩くだけでは見えにくい地勢の表情がそこに浮き彫りになっている。アメリカとフランスで五年ほど過ごし、むこうの都市を散策した目で東京を見ているから、反応が敏感だし、ほかの人が見落としそうな特徴にも着眼できた。複眼的な視線で描いた東京散策記がこうして生まれたのである。

小石川で生まれ、麹町《こうじまち》に育ち、大人になってからはおもに大久保余丁町《よちょうまち》と麻布市兵衛町に暮らした荷風は、本質的には山の手の人だった。下町にあこがれて住んでも、すぐに退散したのを見てもそれがわかる。起伏ある土地とそれが織りなす暮らしの細部こそが、幼少のときから彼が親しみあたためてきた記憶なのであって、それが随所に展開されているのもこの作品のおもしろさだ。

東京はにわか雨が多くて信用ならないと、彼は散歩のときには日和下駄をはいた。下駄ならばぬかるみ道で泥が跳ねても大丈夫という理屈なのだが、泥んこ道がなくなり、どこでもビニール傘が手に入る現代では、不意の雨など気にならない。

ビルや建物が増え、彼のころよりはるかに毛深くなった東京の地表を、これからバリカンで刈りとるような気持ちで歩いてみようと思う。日和下駄の代わりにスニーカーをはいて。

一

尾根道と谷道が繰り返す

本郷通り、白山通り、春日通り、靖国通り、新宿通り

ふとした縁で四谷に住み、居心地がよくてそのまま暮らしつづけて二十数年がたつ。荷風が『日和下駄』を書いた余丁町とは、隣近所といえるような間柄である。『日和下駄』に「四谷通の髪結床《かみゆいどこ》に行った帰途《かえりみち》」などというくだりを見つけると、おお！ と思って膝を乗りだしてしまう。何度も読んでいるのに、いつもその箇所にくると頬がゆるんで誇らしい気持ちになるのは、わたしが東京の生まれで、同郷の人とばったり出会ってふるさとの話をする、というような体験を持たないからかもしれない。本のなかで近所の作家に行き会うと、それに近い感慨を抱くのである。

「四谷通」とはいまの新宿通りのこと。外苑東通りとそれが交差する地点から、西北に視線を延ばしたあたりが余丁町である。現在は都営地下鉄線の若松河田駅や曙橋駅が近いが、当時はなにも交通機関がなく、荷風は電車に乗るにも買い物をするにも新宿通りに出てきていた。

父の買った大きな屋敷は曙橋の谷から丘を上りつめた上にあった。四谷に出るにはいったんその丘を下り、谷を渡ってまた上がらなければならない。坂の上り下りが多いし二十分以上か

かるから、いまの人なら歩かないだろうが、交通機関がなければそうするしかなく、むかしの人はよく歩いたのである。

このように、東京の真ん中には丘と谷が互い違いになっているところがたくさんある。千代田区、文京区、港区、品川区など、いずれも主要道路を一歩入れば坂だらけ、丘だらけで、上れば必ず下るようになっている。わたしは東京生まれにもかかわらず、いや、だからこそかもしれないが、そのことに気づくのが遅かった。いま自分のいるところが谷なのか台地なのか気にかけることなく、平野のなかにときたま高いところや低いところがある、というくらいの稚拙な頭で長いこと東京を眺めていたのである。

道は起伏をよけて上り下りがないように造られるので、そこだけを通っていると平坦な土地がどこまでもつづいているように思えてしまう。

たとえば新宿通りがそうである。半蔵門から新宿方向にむかってわずかずつ高くなっているものの、からだに感じるような起伏は少なく、横道に入ったときにはじめて複雑な谷が切れこんでいるのに驚かされる。しかもこの通りは道路の両側が谷で、台地の尾根を貫く分水嶺になっているが、そうとわかるまでにだいぶ時間を要した。

山間部を考えてみれば、道は尾根か谷に造られ、それを横切っていく道のないことはすぐに了解できるのに、建物に目くらましをかけられてわからなくなっているのだ。

それからは大きな道路を通るときは、尾根道なのか谷道なのかを注意するようになった。六本木通りを歩きながらいまは尾根にいるだろうか、谷にいるだろうかと考え、早稲田通りに移動すればそこでもおなじことを考える。

とくに皇居の北と西に伸びている道路は尾根道と谷道とが互い違いになっているので学習しやすい。いちばん北の尾根道は本郷通りで、そこから西南の方角に順にたどっていくと、白山通りは谷道、春日通りは尾根道、音羽通りは谷道。その後も、目白通り、新目白通り、大久保通り、靖国通り、新宿通り、という具合にほぼ交互に尾根道と谷が現れる。こうやって尾根と谷を意識しながら歩くうちに、軟体動物のようにとらえどころがないと思っていた東京の骨が少しずつ頭に入ってきたのである。

荷風のころはもっと建物がまばらで低かったから、両者のちがいは一目でわかっただろうが、いまは大通りの両側に屏風のように建ち並んだ高いビルが地形を見えなくしている。

それでも、雰囲気のちがいでなんとなくわかるような気がすることがある。たとえば新宿通りを歩いていると、光がよくまわるためか空との距離が近く明るく感じられ、空気も暖かくて風が少ない。反対に靖国通りは路面に落ちる影が濃く、空気も冷たい。ふたつの道路はほぼ並

皇居北と西に延びる尾根道・谷道(台地部分着色)

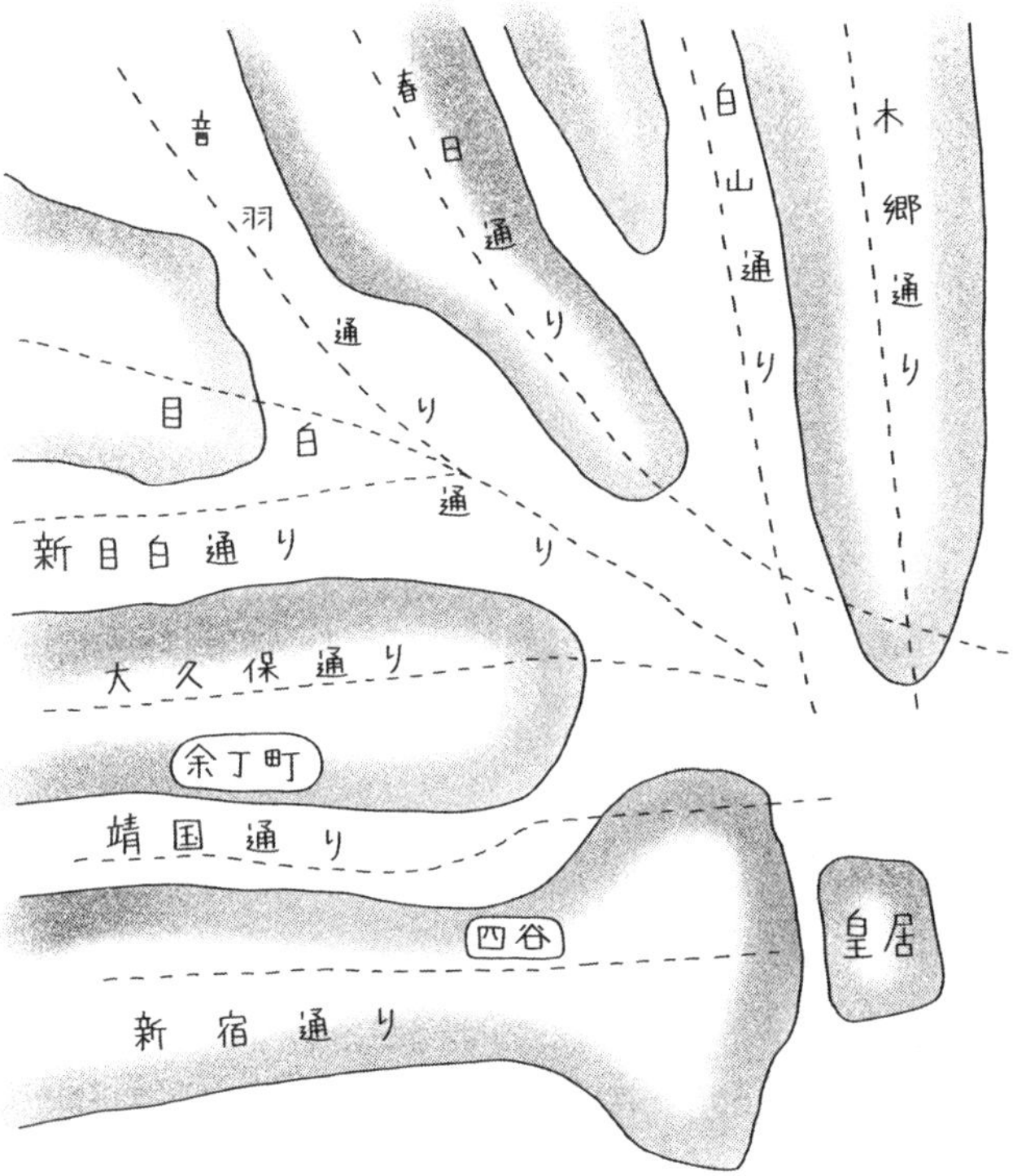

行しており、距離も五百メートルほどしか離れていないが、一方は尾根道、一方は谷道で、その印象に明確なちがいがあるのだ。

どうやら、そうした差は無意識のうちに体感されているらしい、と思うのは、ある通りを思い浮かべて、尾根道か谷道かを自分に問うてみるとたいがい当たるのである。つまり頭で理解していなくても、からだではわかっているのだ。ぜひ知っている道を思い浮かべて、ためしていただきたい。

ところで、街歩きのときにいまいる場所を地図で確かめながら歩くかどうかは考えどころである。見ればたちどころにどこにいるかわかるが、そのために興ざめすることも少なくない。わたしの場合はたいがいそうで、現実に引きもどされてせっかくの逍遥《しょうよう》気分が台無しになる。入試ではあるまいし、思い違いをしても損はないのだから夢想のまま歩いていたいのだ。

荷風が『日和下駄』の取材に携帯したのは江戸の古地図だった。「蝙蝠傘《こうもりがさ》を杖に日和下駄《ひよりげた》を曳摺《ひきず》りながら市中《しちゅう》を歩む時、私はいつも携帯に便なる嘉永板《かえいばん》の江戸切図《えどきりず》を懐中《ふところ》にする」。

江戸切絵図では名所や神社仏閣が目立つように色摺りされ、「この処《ところ》より何々まで凡幾町《およそいくちょう》植木屋多し」などと説明もついている。そこに彼は江戸人の遊び心を感じとっておもしろがったのだった。

対するところの陸地測量部がつくるような地図は情報の正確さのみを追究していると荷風はご不満だった。

「土地の高低を示す蚰蜒《げじげじ》の足のような符号と、何万分の一とか何とかいう尺度一点張《ものさしいってんばり》の正確と精密とはかえって当意即妙の自由を失い見る人をして唯《ただ》煩雑の思をなさしめるばかりである」

精密すぎて散歩者の夢想を刺激しないという彼の言い分はよくわかるが、わたしはこの箇所を読むたびに苦笑せずにいられない。「蚰蜒の足」のような符号や等高線が描きこまれた国土地理院の地図は、現代を生きるわたしには「当意即妙の自由」が感じられ、おもしろくてたまらないからである。

わたしが愛用しているのは一万分の一地形図である。この地図はなじむのにちょっと時間がかかるものの、見慣れると大変におもしろい。地形図なので等高線が描きこまれているが、それが何本も接近して皺のようになっていれば高低差の激しい場所だという証拠だし、荷風の嫌った例の「蚰蜒の足」のようなマークがあれば崖だとわかる。

建物も描きこまれているが、それが濃い色で塗られていれば商業地区である。地形と関係させてそれを見ていくと、谷道沿いにできているのがわかる。台地上に商店街があるのは街道筋以外はまれで、もしもあったとするとどういう場所なのか行ってみたくてうずうずするのだ。

道はすべておなじ水色で描かれており、この平等性も好ましい。太さがちがうだけなので道のかたちが目に入りやすいのだ。

いまは裏道でもむかしは主要な道だった道は少なくないが、機能一点張りの都市図だとかすんでしまうそれらも、地形図ならば道のかたちから想像できる。川の流れや台地のかたちを利用して人が手で造った道だから、カーブの具合に人間味があり、歩いても楽しい。

曲がりくねった細道が錯綜《さくそう》しているエリアは地形の複雑なドラマチックな町のことが多い。散歩の行き先が決まらなくて困っているときは、地形図を広げてこういう場所を探せばすばらしい散策になること請けあいなのである。

荷風にとっては少しも想像を刺激しなかった陸地測量部の地図は、このようにわたしにたくさんの散歩のヒントをくれている。彼の時代と比べると都市の機能が複雑になっており、万人のニーズに応えようとすれば情報を満載した地図になる。だが、そうなればなるほど、見たいもの、知りたいことが隠れてしまうのだ。

日常から一歩離れて別の時空をさまようのが散歩の妙味だとすれば、地形図のシンプルさくらいがちょうどいい。東京が川と丘と谷と山の連なりだったころが浮かびあがり、人が定住して田畑を耕し、道を敷いて村を形づくった営みの歴史がいまとつながってくるのだ。

※一万分の一地形図の紙版は一部の地域は販売終了。データ版をウェブショップで購入できる。

二

散歩の味わいは坂にあり

小日向鷺坂、四谷暗闇坂、中目黒別所坂、赤坂薬研坂

坂とはなんぞや。荷風は「平地《へいち》に生じた波瀾《はらん》である」と言い、こうつづける。「平坦なる大通《おおどおり》は歩いて滑らず躓《つまず》かず、車を走らせて安全無事、荷物を運ばせて賃銀安しといえども、無聊《ぶりょう》に苦しむ閑人《かんじん》の散歩には余りに単調に過《す》ぎる」

この文章からいろいろなシーンが想像できる。たとえば雨上がりの坂道。舗装されていない泥んこ道では靴ならばつるつると滑り、下駄だと鼻緒が食いこんで痛く、悪くすればぷつんと切れる。

車の運転手はよし！　と意気ごみエンジンを吹かすが、上りきれずに途中でストップする。むかしはこれを「エンコする」といった。車がしゃがみこんで「もういやだ」とごねるのである。いまのように性能がよくなる前は車だって坂を上るのは大変だったのだ。

いわんや人間をやと思うのは、「荷物を運ばせて賃銀安しといえども」の箇所である。行き先が丘の上の場合、運送屋に「どこまで？」と聞かれて行き先を言うと、「途中に坂があるからねえ」と割増し料金を求められた。リヤカーで引くから平地と坂では労力のちがいが甚だし

かった。かように坂には厄介なことが多いけれど、散歩の味わいには欠かせない、そう荷風は言うのである。

坂とはなんぞや、という問いにわたしは「尾根道と谷道をむすぶもの」と答えよう。尾根と谷が複雑に行き交うゆえに、東京にはたくさんの坂がある。そしてその坂の多さが、驚くべき面的な広がりをもった大都市を単調さから救っている。

眺望のよい坂として荷風はいろいろな坂の名をあげている。靖国神社下の九段坂、芝伊皿子《しばいさらご》台上の汐見《しおみ》坂、虎ノ門の江戸見坂、お茶の水の昌平坂……。

しかし残念なことに、いまやそれらの坂の上に立っても見えるのはビルばかり。それどころか、そこが坂であるという感覚すら抱けないことが多い。いずれも道幅が広く、車がひっきりなしに通っていて、せわしないことこの上ないのである。

それならば、現代の東京で「坂らしい坂」とはどんな坂だろう。どんな条件を備えていれば坂道を歩いているという気分にひたれるのだろう。

まず大事なのは坂であることが目で感じられることである。言われてみたら坂だったというような場所はだめで、その意味では、先にあげた九段坂などは長すぎ、まっすぐすぎで、坂であることを忘れて登っていってしまう。これからここを上がらねばならないという覚悟を、坂のかたちがうながして欲しいのである。

江戸川橋から小日向の台地に至る途中に鷺《さぎ》坂という坂がある。くねっと曲がりながら切り通しのあいだを抜けていくさまには、上にどんな風景が待ちかまえているのだろうと期待させるに充分な謎めいた気配がある。わたしにとって「坂らしい坂」のもうひとつの条件はカーブしていることにあるようだ。

恵比寿駅南から目黒川方向に下りる別所《べっしょ》坂、目黒不動の西側の三折《みおり》坂なども、曲がり具合が心地よく、標高が下がるごとに視界が広がっていくのも好ましい。青山の権田原交差点から迎賓館方向に抜ける安鎮《あんちん》坂は、はじめは直線だが最後のところがヘアピン・カーブになっていて、自転車で走り下りていくと、地球の内側からフェイントをかけられたような不思議な色気が感じられる。

途中から枝分かれする坂も、下から見上げるときのおもしろさに坂らしい魅力があってよい。四谷の鉄砲坂はわたしが毎日通っている坂だが、ここに差しかかると必ず、心のなかで、さあ、坂だ、という掛け声がかかる。上りきるまでにふたつカーブがある。かなりの急勾配ゆえにからだは前かがみになり、自転車ならば途中で降りて押して上がらねばならず、バイクの人は右に左にからだを大きく傾《かし》がせながらカーブを切ってゆく。

また鷺坂と同様にここは切り通しになっており、崖の切断面があらわになっていることも、坂らしさを盛りあげる大きな要因となっている。

都心の坂は上りきってしまうと意外にあっけない風景が待っていて拍子抜けすることが多い。ところが、からだはそのことを少しも学習せず、アキレス腱がぐっと伸びるのに比例して頂上への期待をどんどん膨らませていく。この感覚は何度登っても損なわれることがなく、そのたびにわくわくするのを繰り返す。すなわち、坂は登っている最中がいちばんおもしろいのだ。

当然ながら、坂の存在を前もって知ることができるのはその人が谷道にいるときである。丘にいれば直前まで明かされない秘密が、坂を仰ぎ見られる低い位置にいるゆえに事前に知ることができるのだ。

では尾根道の先が坂だとどうなるか。歩いている道の先がいきなりすとんと消える。まるで幕が切って落とされたように前景の建物が落下するこの突然の変化も、尾根道を歩いているときにのみ味わえるものだ。

この驚きが保証されるには、坂にかなりの勾配が必要となる。市谷《いちがや》の台地から外濠に下りる左内坂や浄瑠璃坂、元麻布三丁目の狸《たぬき》坂、六本木の鳥居坂、目黒三丁目の十七《じゅうしち》が坂などはその点では申し分ない。目黒の権之助坂も、車の通りは多いものの、目黒駅を出てこの坂にさしかかるとき、いつも新鮮な驚きを与えてくれる好きな坂のひとつである。

坂の上に立つと、海が見えたり、富士山を望めたりということは、いまの東京ではかなわない。その代わりにその名がついた坂の名を口のなかで転がして、どんな風景だったかを思い描いてみることはできる。

汐見坂（潮見坂とも書く）の上に立つとき、そうか、ここから海が見えた時代もあったのだな、と感慨深い気持ちになるし、富士見坂を上りながら、どのあたりに富士の姿がそびえていたのだろうと想像するのはなかなか楽しい。それらの風景をこの目で見たことのないわたしには、風景が失われてしまった悲しさはなく、名前からイメージが広がっていくおもしろさのほうを感じてしまう。

いま残っている東京の坂名の多くは江戸時代から伝わるもので、しかも御上《おかみ》が名づけたのではなく、江戸っ子が通り名として呼んでいたものがほとんどである。名のない坂を探すのがむずかしいほど、どんな小さな坂にも名前があり、坂を見れば名づけずにいられなかった江戸っ子のこだわりがうかがえる。

欧米では道に名前はつけるが、坂にはつけない。ひるがえって江戸っ子は道は名無しでもいいけれど、坂には名前がなくてはならないと感じたわけで、その心情とはどんなものだったのだろう。

横関英一《ひでいち》は『江戸の坂　東京の坂』のなかで、坂は江戸の市街地の目印であり、大火のときは「目黒の行人坂から出火して、本郷菊坂から千駄木の団子坂周辺を焼きつくし、谷中りうあん坂にいたって、ようよう鎮火した」というように、坂を指標に災害を報告したと述べている。

なるほど、火事で建物が焼けて地形がむきだしになれば、まず視界に入るのは坂である。これに名前をつけておけば場所を伝えるのに苦労がない。

道路に名前をつけて番地をふるという欧米のやり方は、正確さは保証されるが位置情報は得にくい。それに比べて丘にのぼると遠くまで見渡せた江戸では、坂に名をつけて目印にしたほうが手っ取り早く居所をつかめたのではないだろうか。

江戸の坂には汐見坂や富士見坂など眺望を誇るものばかりでなく、見通しのよくない坂もあった。だが、荷風は言う。

「全く眺望なきものも強《あなが》ち捨て去るには及ばない。心あってこれを捜《さぐ》らんと欲すれば画趣詩情は到《いた》る処《ところ》に見出《みいだ》し得られる」

要するに心の持ち方しだいで見通しの悪い坂だっておもしろくなると主張しているわけで、例として余丁町の家からほど近い四谷愛住町《あいずみちょう》の暗闇坂（暗坂《くらやみ》）を取りあげている。

「車の上《のぼ》らぬほど急な曲った坂でその片側は全長寺《ぜんちょうじ》の墓地の樹木鬱蒼《うっそう》として日の光を遮《さえぎ》り、乱塔婆《らんとうば》に雑草生茂《おいしげ》る有様何となく物凄い坂である」

眺望がなくてもすごい坂がありますぞという気迫が伝わってくるような一節である。いまこの坂を上れば、曲がり具合に情趣が感じられるものの、「樹木鬱蒼として日の光を遮」るような凄みはなく、荷風の描写を読むほうがずっとぞくぞくする。

東京に暗闇坂という名前の坂は多く、十を超える数があるが、その名のとおりの闇をいまも保っているものはわずかだ。

愛住町の暗闇坂からそう遠くないおなじ四谷の圏内に、暗闇坂（闇坂）がもうひとつある。四谷に引っ越してきた当初、夜遅くここを通って思わず身震いしたことがあった。夜だから暗いのは当然としても、坂を下りていった先の窪地に漂うひんやりと湿った気配にぞくっとしたのだった。それがその地域の闇の歴史と深いかかわりがあるとはそのときは知らなかったが、肌を通して伝わってくるものを感じとり、興味をかきたてられたのだった。この窪地は鮫河橋《さめがはし》（鮫ヶ橋とも書く）といい、荷風の散歩コースのひとつだったが、ここについては追い追い話すとしよう。

もうひとつ、いまなお暗さを保っている眺望なき坂として思いつく坂が目白にある。その名を幽霊坂という。目白通りの南斜面に広がる和敬塾の敷地の脇から、神田川の岸辺に下りていく坂道で、いまではめったに見ることのない万年塀の上から空を覆うほどの木々が鬱蒼と伸びている……と書くつもりだったのが、久しぶりに訪れてみると、和敬塾の改築で万年塀が取り除かれ、すっかり明るくなっていた。これでは幽霊も出るのをためらうだろう。呆気《あっけ》にとられてしばし立ちすくんでしまった。往時がどんなだったかは、以前に撮ったつぎのページの写真からしのんでいただきたい。

＊

坂を下りた先には何がある。また坂がある。山の手の地形の特徴を一言で言い表すならば、これに尽きるだろう。

本郷の切通《きりとおし》坂や高輪の柘榴《ざくろ》坂は行き着く先が隅田川のデルタや東京湾で坂が下町との結び目になっているが、山の手の内部ならば、坂を下りたら下りっぱなしということはない。上がったあとには下り坂が、下った先には上り坂が必ず待っている。上り坂と下り坂が対になって現れるところも多く、そういうところはむかしからある古い道だと思ってまちがいない。

このことを頭に入れて改めて地図に眺め入ると、区分地図からもれていた坂が実はこちらの区の坂の連続であるのが知れたり、交差点に邪魔されて意識できなかった坂が前後につながったりして、行政区分や交通網に埋もれて見えなくなった道の思想に心のなかがふっと明るくなるのだ。

むかいあわせの坂には荷風も注目している。

「東京の坂の中《うち》にはまた坂と坂とが谷をなす窪地《くぼち》を間にして向合《むかいあわせ》に突立っている処がある」

例のひとつとしてあげているのは、四谷の東福院坂とそれにつづく須賀神社の坂である。坂にはさまれた谷の幅が狭く崖の勾配が急なために、まさに「突立っている」ような印象を与えるが、そういうところに来ると、「市中に偶然温泉場《おんせんば》の街が出来たのかと思わせる」とユニークなコメントもしている。

思うに、この比喩を思いついたとき、荷風の頭に描かれていたのは榛名《はるな》山のふもとにある伊《い》香保《かほ》温泉の風景だったのではないか。

石段街として知られ、谷から丘に上る急な階段の両側に温泉宿が軒を連ね、宿の前に芸者衆が居並んで写っているよく知られる写真がある。

須賀神社の坂も石段で、両側に賑々《にぎにぎ》しく立っている赤い幟《のぼり》といい、谷筋にぽつりぽつりとある小さな飲み屋といい、なるほど、谷間のいで湯を思わせる。最近ではアニメ「君の名は。」

にここの石段が登場し、巡礼スポットになった。探してみればほかにも結構、温泉場に似た風景が見つかるかもしれない。

台地上の坂は本来は川を中心にした一対の坂だった、と鈴木理生《まさお》は『江戸の川　東京の川』のなかで述べている。むかいあった坂の下には川が流れており、橋が架かっていた、だから坂と橋はセットで考えるべきものである、という彼の指摘には深くうなずかされた。

いまでは坂を川と結びつけて考えることはしにくい。ほとんどの川が昭和初期に暗渠《あんきょ》になって消えてしまったし、たとえ流れていたとしても、その上にかぶさっている高速道路や川岸を固めている高いビルなどに姿が隠されている。意識的にまなざしを注がなくては、東京の原風景は容易には立ち上ってはくれないのである。

試みに渋谷駅周辺の地形を考えてみよう。

ここにはかつて渋谷川が流れていた。いまも駅の南側で地上に顔を出しているが、その手前までは暗渠化され、渋谷駅の真下を抜けている。かつて駅構内の東急百貨店東横店の東館に地下の売り場がなかったのは、その川の名残が邪魔していたからで、目には見えなくともたしかにそれは通っていた（なんといまはその流れを付け換える工事をしているらしい）。

この地底の川を挟んで対になっているのが宮益坂と道玄坂である。坂下には渋谷橋が架かっていた。いまは川はなく橋も消えているが、ＪＲ線の原宿方向の土手下にある遊歩道と坂とが交わるあたりに渡されていたのだろう。

むかいあった坂については、横関英一も『江戸の坂　東京の坂』でおもしろいことを書いている。はじめは谷につけられた名前が、やがてそこを横切る一対の坂の名に転じることがあり、その場合は、ひとつの名前が両方の坂に当てられたというのである。この指摘にはなるほどと膝を打った。一方の坂は名があるのに、そのつづきの坂には名がないということがよくあり、どうしてだろうと首を傾《かし》げていたのだった。

その好例は赤坂の薬研《やげん》坂である。青山通りにある赤坂地区総合支所の横から南に下り、上がっていくひとつづきの坂で、もとは溜池から切れこんでいる谷につけられた名称だったが、のちに坂の名に転じたのだった。

薬研とは薬種を刻むのに使われた船形の器のことである。再開発で周囲の雰囲気は変わったものの、坂のかたちはたしかに薬研にそっくりで、谷底に立って両方の坂を見上げると、漢方の薬材になってゴリゴリと刻まれていくような気持ちがする。

東京ではめずらしく素敵な坂であると横関は褒めているが、むかし日本コロムビアのあった通りといえば、思い出す方も多いかもしれない。

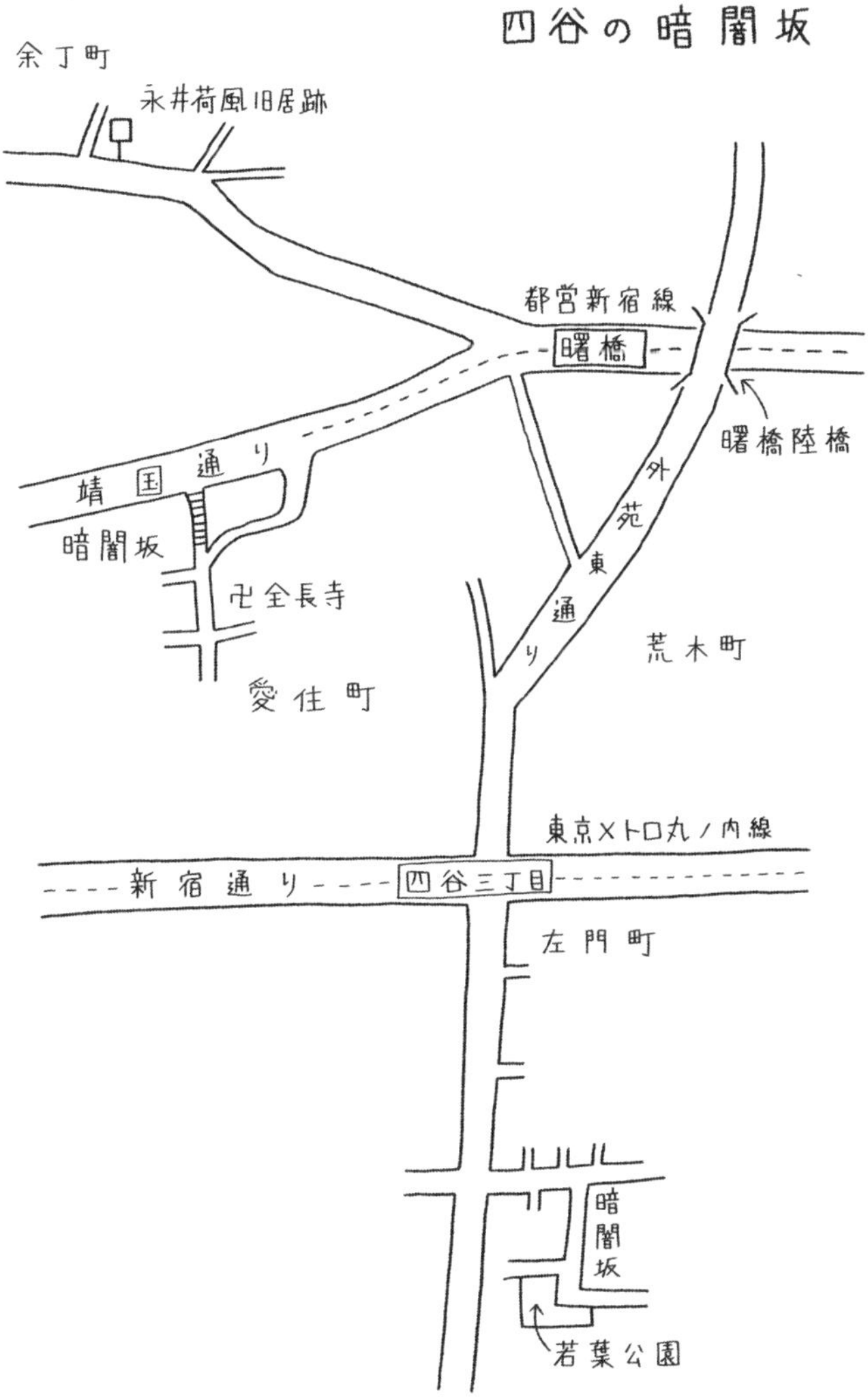
四谷の暗闇坂
余丁町
永井荷風旧居跡
都営新宿線
曙橋
曙橋陸橋
靖国通り
暗闇坂
卍全長寺
外苑東通り
荒木町
愛住町
東京メトロ丸ノ内線
新宿通り
四谷三丁目
左門町
暗闇坂
若葉公園

三

崖を探そう

飛鳥山、道灌山、麻布十番

土地の高低差が激しい東京では、台地と谷を結ぶ坂道がいたるところに見られる。では坂のない場所ではその段差はどうなるかというと、崖となって現れる。傾斜がゆるやかならば崖とはいわない。崖と呼ばれるには険しくなければならず、垂直に近ければ近いほど迫力あふれる崖となる。

崖と坂とどちらが先にできたかといえば、もちろん崖である。崖に道をつけようとして坂が造られたが、昨今ではこの関係が逆転しており、坂はすぐに思い出せるのに、崖がどこにあるかは一呼吸置いてよく考えないと出てこない。坂はふだんからよく上り下りしているけれど、崖とはそうしたかかわりがないので親しみの度合いがちがうのだろう。

だが、『日和下駄』の「崖」のくだりを読んでそれだけが理由ではないらしいとわかった。崖は閑地や路地とおなじように、散歩に少なからぬ興味を添えると書いて荷風はこうつづける。

「何故《なぜ》というに崖には野笹や芒《すすき》に交《まじ》って薊《あざみ》、藪枯《やぶから》しを始めありとあらゆる雑草の繁茂した間から場所によると清水が湧いたり、下水《したみず》が谷川のように潺々《せんせん》と音して流れたりしている処がある」

いまのようにコンクリートで固められる前、崖には雑草や木々が生い茂り、散歩の途中で会えばふと足を止めて眺め渡したくなるような情趣あふれる場所だったのだ。あそこにアザミの花が咲いているなあとか、あれはススキだからお月見のときにいいなとか、湧いてくる思いを心のなかで転がしつつ眺めていると、ちょろちょろと水の流れる音がする。どこだろうとあたりを探せば、草むらの奥に地中から湧きだした清水が小さな流れとなっているのが目に留まるのだった。

崖に根を張る植物は、平らな土地のそれに比べると必死なさまを見せている。

「落掛るように斜《ななめ》に生《は》えた樹木の幹と枝と殊に根の形なぞに絵画的興趣を覚えさせることが多い」

木の幹はまっすぐ上に伸びられずに斜めに突き出すようにして枝を広げているし、根っこもどんなことがあっても落ちまいぞというように崖にしがみついている。それぞれの事情を懸命に生きているさまに平地にはないドラマが感じとれるのだ。

現在では崖と聞いて緑したたる姿が思い浮かぶことはなく、コンクリート固めの武骨なイメージがよみがえるばかりである。黒ずんだ表面には苔《こけ》が生え、近寄るとひんやりする。ところどころに小さな穴があり、水の流れ出た跡が筋のようについている。崖では地下水が切断されて表面に出るために、空気が湿って冷気を帯びるのだ。荷風はそれを「清水」と美しく表現したが、コンクリートの壁穴から染み出す現代のそれは涙の筋のように見える。

それでも、街の色調が白っぽくなっているいま、散歩の途上で崖を見つけると思わず歩み寄らずにいられない。苔と黴《かび》にまみれて複雑な色に変貌したその姿が妙に心に引っかかるのである。

小日向台の西側のふもとでは、道の片側に崖がつづく。本郷の異人坂は、コンクリート固めの無愛想な崖と荷風の愛でた緑したたる崖とが合体しためずらしいケースだし、落合のおとめ山公園の横の崖も線がいっぱいで、ハイキングに来たような気分になる。

麻布の台地と麻布十番商店街の低地とを結んでいる暗闇坂下の崖も悪くない。相当に古いらしく、どす黒く汚れて凄みがあるが、生えている苔は意外なほど明るい黄色である。

わたしは目を近づけてミニチュア庭園のようなありさまに眺め入った。小さな虫が苔のあいだを這《は》っている。苔の表面はふわふわして指先で触れると気持ちがよい。満遍なく生えずに、伸びていく方向やかたちにちがいがあり、一歩引いて眺めると自然の絵筆が描いたタブローのようにも見えてくる。

人間がまねしようとしてもできない、時間だけが創りあげることのできる美がそこにはあり、荷風が味わったのとは別の歓びにひたったのである。

＊

ふだんは見逃しているが、崖、崖、崖、と唱えながら歩いていると意外と目に入ってくるものである。ＪＲ四ツ谷駅のホームで新宿方面の電車を待ちながら、ここにも崖があると目の前にそそり立つコンクリート壁を見あげたが、すぐにこれはちがうと打ち消した。この上にあるのは幅の狭い土手で、すぐにまた反対側に落下する。人工的に造った起伏だとわかる。しかし、崖でないならこの垂直の壁を何と呼べばいいのだろう。やはりこれも崖の一種だろうか。

四ツ谷駅から中央線の快速で東京方面にむかうと、つぎに停まるのは御茶ノ水駅である。この景観はいつ見ても非日常の扉がぱっと開かれるようなドラマを感じさせる。ホームの下には神田川がゆったりと流れ、川面からむこう岸の上までは険しい絶壁がそそり立っている。とくに新緑の季節は繁茂する木々に勇んで斜面をよじのぼっていきそうな勢いがある。

荷風はこの崖を「崖の最も絵画的なる実例とすべきものである」と評しているが、崖にはまちがいないけれど、その仲間に入れるのはちょっとなあと思ってしまうのは、自然の生み出したものではないからだ。江戸時代に川の流れを付け替えるために、本郷台地を切り通した人工の谷なのだ。

もちろん、人の手が造ったものでも崖は崖である。差別することはないかもしれない。ただ、いまは外しておきたいのは「真正の崖」を探すほうが東京の地形をより深く感じとれるような気がするからだ。

荷風は御茶ノ水のほかにもうひとつ絶壁の例をあげている。

「上野から道灌山《どうかんやま》飛鳥山《あすかやま》へかけての高地の側面は崖の中《うち》で最も偉大なものであろう」

この意見にはもろ手をあげて賛成したい。山手線や京浜東北線で王子方面に北上するとき、いつも目を奪われるのは、車窓の左手につづくこの崖の風景なのである。

なんともすごい崖で、山越え谷越えしながらつづいてきた台地はここですとんと切れ、清水の舞台から飛びおりるがごとくに潔く低地に落下する。毎日この風景を見ながら会社や学校に通っている人は、心のなかにわたしとはちがった東京風景を刻んでいるにちがいないと確信するほど、下町と山の手のちがいを強烈に印象づける箇所である。

崖はJR上野駅からはじまる。この駅のホームでは不忍《しのばず》口に出るには階段を下りていくが、公園口に出るには逆に階段を上がっていく。この段差がすなわち崖の高さなのである。

上野駅を離れて鶯谷《うぐいすだに》、日暮里《にっぽり》、西日暮里、田端と進むうちに崖はどんどん高さを増し、電車が谷底に下りていくような感じになる。最高位に達するのは田端駅で、この駅の長い階段を上って改札口に着いたときには、地上に這い出たモグラさながらに台地の光がまぶしくて仕方がない。

この崖は上野台地の縁《へり》に当たり、山の手に行き交う数々の台地のいちばん東に位置する。線路を敷いたときに、エッジのバリを取るように多少は凸凹を削ったはずだが、ほぼ自然に近いラインをとどめているのはまちがいないだろう。

ここから東には台地はなく、隅田川の削った低地がのっぺりとつづく。崖の縁に立つと、いままさに山の手と下町のはざまに佇《たたず》んでいるという実感が込みあげ、なぜだかとても劇的な気持ちになるのだった。

四 ガケベリ散歩

上野〜日暮里〜田端〜上中里〜王子

テーマを掲げて歩くと、何度も歩いている場所でもちがった体験ができる。というのは、散歩のときはどの道を行ってもかまわないのに、頭のなかにできあがった水路を無意識のうちになぞって決まった道を歩いてしまうので、その流れを付け替えるには意識にゆさぶりをかけなければならない。それがこうした小さなテーマを設けることなのである。厳密になっては散歩の愉しみが損なわれるから、頭の隅で点滅しているくらいのアバウトさが好ましい。

これから荷風が「偉大」とたたえた上野台地の縁を、上野から王子にむかって歩いていこうと思う。へりに沿った道がどれほど見つかるかわからないが、できるだけぎりぎりのところを探し出して北進する。名づけて「ガケベリ散歩」である。

上野駅ホームから階段を下りて不忍口に出て崖に沿った坂道を上りはじめた。公園口改札から吐き出された人の波がゆらゆらと信号を渡っていく。

その波にのって公園の中に入ってしまいそうになるのをこらえてそのまま直進すると、来たことのない道に出た。位置としては東京国立博物館の裏手で、寛永寺の塔頭《たっちゅう》なのか小さな寺が目立つ。人通りがほとんどなく、日本鳩レース協会というビルが目を引いた。戦後のある時期まで新聞社のニュースを伝書鳩が運んでいた、そのころは新聞社の屋上に鳩小屋があった、という以前本で読んだ知識が突然浮かんでくる。上野にいるとは思われず、どこかの地方都市をさまよっているような感覚になる。

むこうから学生服を着た中学生が歩いてきた。この先に学校があるのだろうか。とてもそんな雰囲気ではなかったが、角を曲がったとたんに歌声が響きわたった。声は目の前のコンクリートの校舎のなかから流れ出ていた。合唱団の練習とはちがい、バラバラの声が歌詞を叫んでいる。春の運動会の練習らしい。

学校の正門前は坂道だった。足のむくまま下りていくと長い跨線《こせん》橋が現れ、右手に駅舎が見えた。田舎の駅みたいにかわいいなあと思ってよく見ると、鶯谷駅なのでびっくりした。ここの改札は何度かくぐっているが、この方角から見たのははじめてで、未知の場所に連れてこられたような気がする。

上野のほうから来た線路は崖下のところで大きくカーブしている。電車がトラックの曲線部を曲がるリレー選手のように車体を斜めに傾《かし》がせ必死の形相で近づいてきたと思うと、ゴーッという音を立てて股下を通過した。思わず膝をかがめて股を開いてしまう。自分が跨線橋のつもりになっている。柵が低いから迫力は申し分ない。

橋は東にむかって傾斜している。下りた先は俗なる世界。ラブホテルが丘にむかって大きな看板を掲げてその名を連呼している。

ああ、これが東京なのだ。上野のお山といえばだれもが思い浮かべる博物館、美術館、コンサートホール、東京藝大などの文化ゾーンの目と鼻の先にこういう風俗エリアがある。知性と欲望という人間を支えるふたつの柱が、距離ではなく高低差で示される。台地と低地のあいだの崖に両陣営の境界が敷かれているのだ。

＊

跨線橋をあとにして日暮里方向に歩きだして間もなく、寛永寺の霊園が前方にはだかり道が崖を離れていった。ふと見ると霊園の門が開いている。なかに入り、墓石のあいだを抜けて奥に進むと崖の縁に出た。幾本もつらなる線路のむこうにラブホテルが建ち並んでいる。墓石とラブホテルが肩を並べる格好となり、エロス・タナトスを象徴する一幅の絵になっている。東京にはめずらしい広々した空のもと、あの世から下界を見下ろしているような気持ちになった。

言問通りに出て谷中霊園に入る。桜並木を横道に曲がり、昭和の雰囲気をたたえた家々を眺めつつ台地の縁に進んでいくと、フェンスが現れ、前方の風景がすとんと落ちた。

切り通しの谷になっていて、下に線路が走っていた。振り返ると、住宅街の真下にぽっかりとトンネルの穴が開いている。何の線路だろう。こんなところに電車が走っていただろうか。トンネルの上は地層が薄く、建物をそっと上に置いたようにたよりなげだ。

トンネルの上には扁額《へん》がかかっていて「東臺《だい》門」と読める。相当に古いもののようだ。レールの表面が光っているので使用中なのはまちがいないが、どこの路線かまったく想像がつかない。買い物袋を提げた人が近づいてきたので尋ねてみようとしたが、驚いたせいか声が喉の奥に引っこんで出てこない。とそのとき電車の音がした。あわててトンネルに目を移すと白地に赤と青のラインのついた電車が悠然と現れた。京成電鉄の車両だった。

京成上野駅からこれに乗って成田空港に行ったことが何度かある。上野駅を出てかなり長いこと地下を走り、途中には博物館動物園駅という不思議な名前の駅があった。利用者が減り閉鎖されたいまは、石の箱のような駅の入口だけが博物館横に残っている。頭のなかに散らばるそんなシーンがトンネルと出会った瞬間にひとつにつながった。あの地下路線への入口がこの穴なのだ。

改めて地図を見ると実に長いトンネルである。二・一キロある上野~日暮里間のなんと七五パーセントが地下にもぐっているのだ。当初は切り通して通す予定だったのが、公園の桜の木の根を切るので枯らしてしまうと不許可になり、地上から二・五メートルの浅い部分にトンネルを掘ることになった。

日暮里駅から不忍池まで台地を越えてつなぐ難工事で、一年三ヵ月かけて昭和八年十二月に開通。「両側から掘ってきたトンネルは、三センチと違わず貫通した」と京成電鉄の社史は誇らしげに述べている。扁額の文字は京成電鉄初代社長・本多貞次郎の揮毫《きごう》で、「東臺門」とは東叡山《とうえいざん》寛永寺の台地の門の意だという。

蛇のようにうねった急カーブの多いルートである。寛永寺や美術館の建物のあいだを縫っていくのでそうならざるを得ないのだろう。トンネルに入った電車は減速して安全運転になる。むかしの遊園地には暗闇のなかを右に左に曲がりつつガタゴトと進んでいくと、お化けが現れてキャーッと悲鳴があがる乗り物があった。この区間になるとあの記憶がよみがえるのは、揺れと速度と闇にあの乗り物と似たものがあるからだろう。

＊

思いがけないものに出会うと歩行のペースにギアーが入る。これからもっとおもしろいもの

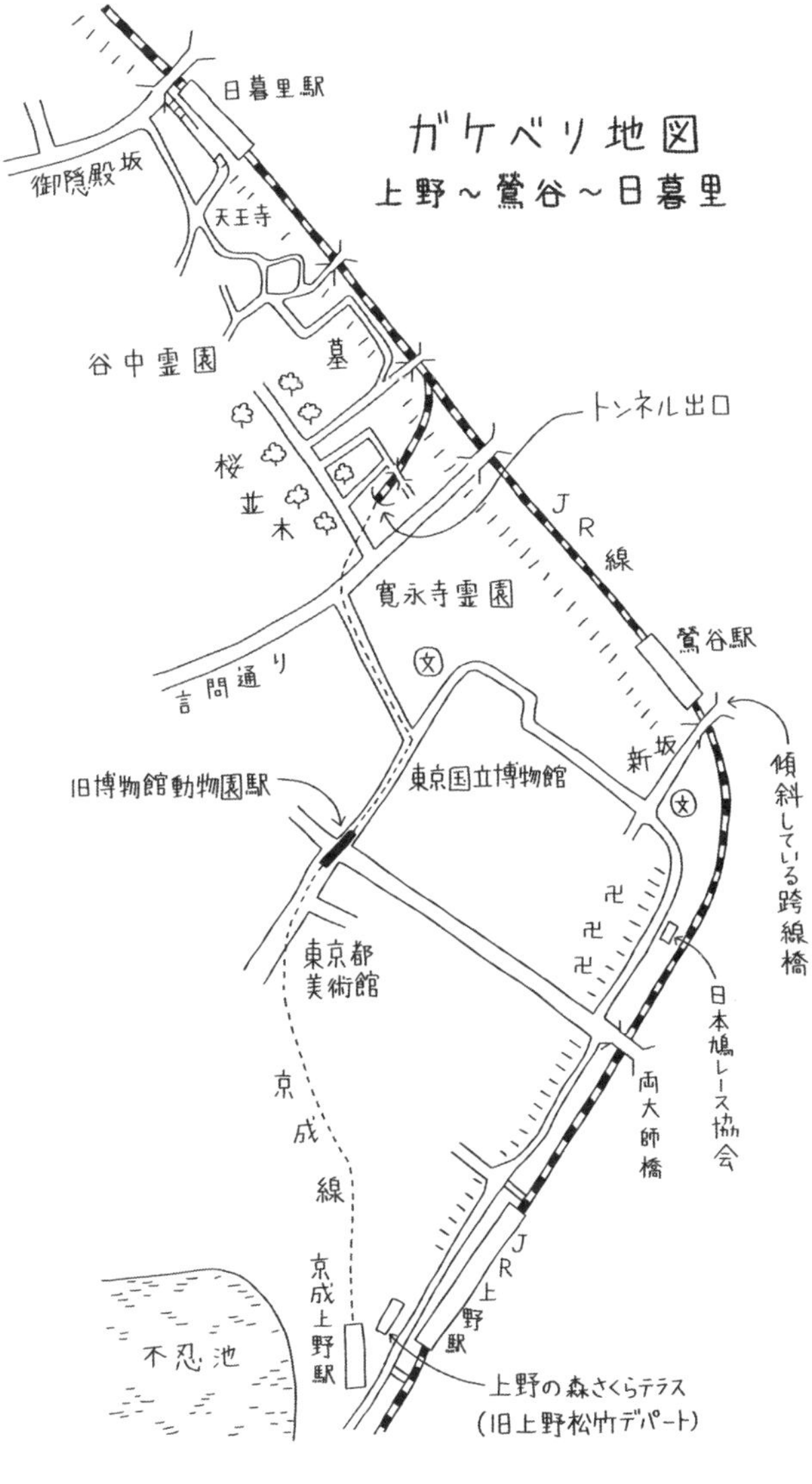
ガケベリ地図
上野～鶯谷～日暮里
日暮里駅
御隠殿坂
天王寺
谷中霊園
墓
桜並木
トンネル出口
JR線
寛永寺霊園
言問通り
鶯谷駅
新坂
傾斜している跨線橋
東京国立博物館
旧博物館動物園駅
卍
卍
卍
日本鳩レース協会
東京都美術館
両大師橋
京成線
JR上野駅
京成上野駅
不忍池
上野の森さくらテラス
(旧上野松竹デパート)

に遭遇しそうな予感に靴が鳴る。音のしないスニーカーでも鳴っているような気分になってくる。トンネルのことを知らずに来たのがよかった。無知はときに人生を新鮮に彩ってくれる。

桜並木にもどり、再びガケベリの道を探した。霊園案内図に線路のほうにむかっていく道が描かれていた。崖に出られるかどうかわからないが、行ってみよう。

下り坂になり、木立のあいだに大きな空がのぞき見え、やがて道は上下に分かれて一方は下り、もう一方はおなじ高さを保ったまま跨線橋につづいていった。

「御隠殿坂《ごいんでんざか》」という碑が立っていて、寛永寺住職輪王寺宮法親王《りんのうじのみやほうしんのう》の別邸、御隠殿に至る坂だったとある。跨線橋ができる前は踏切があり、それよりもっと前は線路そのものがなく、崖を下りる急坂は田んぼのなかの一本道に通じていたのだろう。

道が途中で上下に分かれることは山間にはあるが、都会にめずらしい。しかも跨線橋につづく上の道には古びた石の柵がついており、不意に懐かしさが込みあげてきて、その心の動きに自分でもびっくりしてしまった。初老の男性三人が柵に腰かけておしゃべりしていた。頭上の枝のあいだから漏れた日が三人のからだにまだらの影を落としている。なんとなく酒のにおいも漂っている。どことはいえないが、子供のころ、こういうシーンをいっぱい見たような気がした。石の柵。そこに腰かけるおじさん。漂う酒のにおい。そばにはきまって電車が通っていた……。

左手は墓である。

「日によって小さかったり大きかったりするよろこびやかなしみの正確な尺度を、いまは清冽《せいれつ》な客観性のなかで会得している彼らに、おしえてもらいたい気持で墓地の道を歩く」と須賀敦子は書いた（『本に読まれて』）が、たしかに墓地には生を完結させた死者の放つ独特な静寂がある。それが人間界の生々しさに右往左往しがちな心を鎮《しず》めてくれる。街中に墓地があることをありがたく思う。

下にいく道は崖に突きあたって終わりかと思いきや、予想に反して日暮里駅のほうにつづいていた。道のすぐ右手を電車が通り、左手の高台からは墓石がずらりと整列したひな壇が下りてくる。ときおり電車が走りぬけるだけで通行人の姿はなく、散歩のために特別誂《あつら》えしたような素敵な道だ。

ひな壇の上にあがって線路を眺める。山手線、京浜東北線、常磐線、そのむこうには京成線が走っていて、むこう側がはるか遠くに感じられる。こんなにたくさんの線路を一望のもとに眺めるのは久しぶりでわけもなく感激してしまう。

ふと気づくと、すぐそばに男がしゃがみこんでいた。葉にとまった虫のようにじっと動かずに線路を見つめている。墓石に陽射しが遮られ、気持ちのいい日陰ができている。台座は座るのにちょうどよい高さで、男は膝に手を置いて前のめりになって前方を凝視している。

見ているうちに、そこに座っているのが自分自身のような気がしてきた。絶え間なく変化する風景が静かな興奮をさそう。いちばん手前側を走るのは山手線。そのむこうを左右から接近した京浜東北線の車両が重なりながら行き過ぎる。動きをひたすら目で追ううちに頭がからっぽになり口も開いてきた。ただ黙って眺めていられるものがあるのは、なんとすばらしいことだろう。

*

一休みしたくなり、日暮里駅前で食堂に入り、めったに食べないトコロテンを注文した。疲れたからだに酸味が染みわたるのを感じながら、レジのところで手にした「日暮里お散歩マップ」を開いて眺めていると、新たな考えが湧いてきた。

この先、細い尾根を抜ける諏訪台《すわだい》通りを行くつもりだったが、そこは何度も歩いているのでおもしろみがない。ガケベリを歩くという最初の方針からは外れるが、ここはひとつ目をつぶって崖下に下りてみてはどうだろう。視線が変われば気持ちも変わる。長い距離を歩くにはときどきそうやって自分をあやす必要がある。

御隠殿坂下の高層タワー群を抜けて駅前商店街を西日暮里方向に進んでいった。台地の街とちがい、漂う空気がぐっと人間くさくなる。ここにもあそこにもという感じで中華料理屋が現れ、通りゆく人がしゃべっているのも中国語のようだ。タイ料理屋とスナックが並んでいて、スナックのほうに昼の部、夜の部と看板が出ているのが気になる。と、いきなり前方に踏切が見えてきた。常磐線の金杉踏切である。高架化が進んでめったに踏切を見なくなっていたから、久しぶりの友人にばったり出くわしたような気持ちになった。

カンカンと警報が鳴って遮断機が下りてきた。目線よりやや高い位置を電車が走りぬけ、風圧で前髪が吹かれておでこが出る。踏切では電車のお通りを人間が立ち止まって待つのである。こちらは路上にいるから威圧感もすごく、電車が巨大な生き物じみて見えてくる。

常磐線の上には京成電車の高架線があり、少し北には舎人《とねり》ライナーが走り、ほかにも貨物の線路が通っていたりと、付近一帯にはさまざまな路線が行き交っている。町はレールで仕切られ幕の内弁当のおかずのようだ。

鉄道の町は低地にできるものと決まっている。高台の町がそうなることはめったにない。台地は工事がしにくいし、操車場などに必要な広大な土地を確保するのもむずかしい。高低差がなく、かつ地価の安い土地を求めれば、隅田川のつくったこのデルタ地帯のような土地柄になるのが道理で、川と低地と鉄道がセットになったなじみ深い風景ができあがるのだ。

ＪＲ線を横切る長いガードをくぐって台地に戻った。

ガードの片側は駐輪場で、暗がりのなかに自転車のスポークがずっと先まで光っている。諏訪坂ガードといい、崖をのぼる石段につづいている。着いたところは深々した緑に包まれた諏訪神社の境内だった。声をひそめたくなるような秘密めいたにおいが漂っている。低地の町から数分歩いただけで雰囲気が激変するこの予想のつかなさがたまらない。いまわたしは東京を歩いている、とひしと実感する瞬間である。

神社の先の公園を抜けると西日暮里駅はすぐそこだった。ここは山手線内でもっとも新しい駅である。隣駅の日暮里駅との距離も最短で、最後尾が駅のホームを離れたら、先頭車両がもう隣駅のホームに着いていると思うほど近い。地下鉄千代田線の開通にともなって一九七一年に新設されたが、近隣の駅との大きなちがいはホームが高い位置にあり、階段を下りて改札を出ることだ。線路と交差して走っている道灌山通りを通すためにホームを持ちあげたのである。

まず道路を造るときに台地が切り通され、駅を造るときにさらに掘って道のレベルを引き下げた。両サイドの崖が際立って高く感じられるのはそのためで、向きあってそそりたつ姿がブックエンドを思わせる。

ここから先はふたつ行き道がある。

ひとつは開成中学・高校横のひぐらし坂を上がり崖に沿って歩くルートで、眼下に下町風景を望みながら歩ける距離はこれまでで最長である。標高も二十メートル以上あり、見晴らしがすばらしい。

もうひとつは、プラットホーム下のガードの壁の裂け目から北にまっすぐに延びた道を進んでいくルートで、こちらを行くことにした。

線路に沿った長い坂を上がる。以前は左右に建物がほとんどなく、視界が広くてボーリングのレーンを歩いているような不思議な感じだったが、左側に建物ができてふつうの道になってしまった。

貨物線のレールを跨ぐ陸橋をすぎると、道はゆっくりと下りだした。カラフルなランニングウエアに身を固めた一群がむこうからやってきてわきを走りぬけた。少ししてまた足音がしたと思ったら、おなじ人たちがうしろから追いぬいていった。車が通らないし、道が上下するのでトレーニングにうってつけなのだろう。こちらの足がよほどのろいのか、それとも彼らの足が速いのか、歩いているあいだに何度もそのカラフルな一団が行ったり来たりした。

陽が傾きかかってきた。斜めの光は散歩の味方である。オレンジ色の光が舞台照明さながらに奥行きを演出し、日中は平板に見えた風景が一息に格を上げる。歩いているこちらの感情も変化させる。何事にも一言呈してみないと気のすまない昼間のつっぱりがゆるんで、人の営みをいとおしい気持ちで眺めている自分がいる。

＊

田端駅をあとにし、田端文士村記念館の横の坂を登って田端高台通りを進むと陸橋に出た。下には山手線が走り、少し先の北には京浜東北線が通っている。田端駅までは仲良く崖下を伴走してきたふたつの路線は、駅を離れてすぐに二手に分かれたのだった。陸橋を渡るわたしもここで山手線と決別して環の外に出る。相手が鉄道であっても別れは気持ちを引き締める。

西日暮里あたりから徐々に濃くなった郊外の雰囲気は、この陸橋を越えるとさらに強まった。三本目の横道を線路の方に入っていくと、元ＪＲ宿舎だった建物が駒込ガーデンテラスというおしゃれなテラスハウスにリノベーションされ、あたりの雰囲気が一新していた。かつては敷地ぜんたいに植物園のように草木が繁茂し、蔦にすっぽり覆われている建物もあったのに、幻のように消えていた。

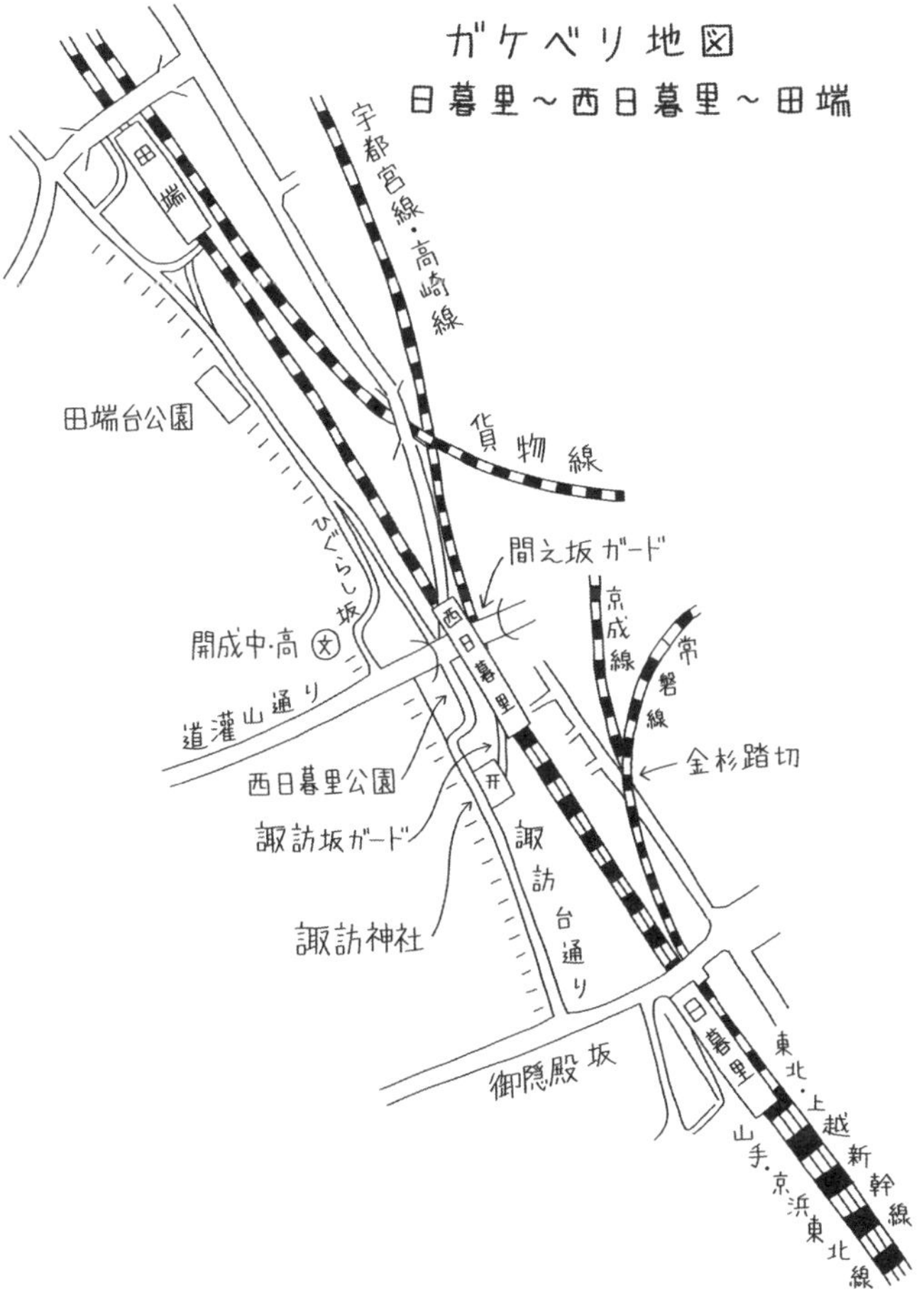
ガケベリ地図
日暮里〜西日暮里〜田端
田端
宇都宮線・高崎線
貨物線
田端台公園
ひぐらし坂
間え坂ガード
西日暮里
京成線
常磐線
開成中・高
道灌山通り
金杉踏切
西日暮里公園
諏訪坂ガード
諏訪台通り
諏訪神社
日暮里
御隠殿坂
東北・上越新幹線
山手・京浜東北線

視界が開けてついに崖に出た。ガーデンテラスの影響か、建て替わった住宅が目立つ。以前は塗装がはげて茶色く錆びたガードレールの根元にもさもさと雑草が生え、「チカンに注意！」の看板が目立っていたのだが。

ガーデンテラスから遠ざかるにつれて古い町にもどり、ＪＲ貨物中里社宅という古いアパートが見えてきた。ほとんど住んでいないようなのでつぎに来たときは消えているかもしれない。

つぎの駅は京浜東北線の上中里駅だが、ここほどわたしになじみのない駅はない。一度も降りたことがないどころか、うっかりするとこういう駅があることすら忘れてしまう。それは「中里」の頭に「上」がついているせいもあるかもしれない。どこかに中里駅があってその「上」という意味かと思いきや、中里駅は存在せず、その宙ぶらりんで影の薄い印象のためにますます忘却の彼方に押しやられてしまうのだ。

ところが上中里駅に着いて驚いた。この特徴のない駅名から

上野〜王子ガケ断面図

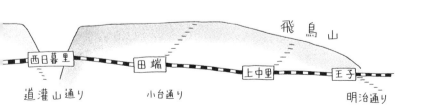

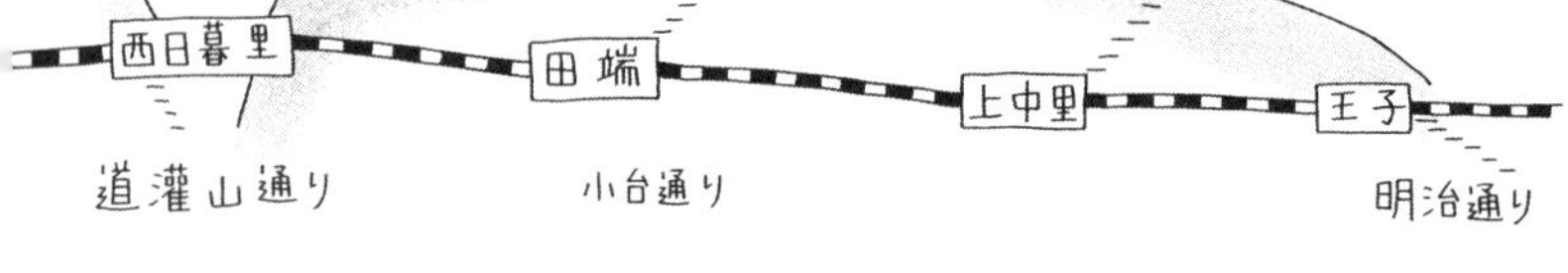

は想像できないほど個性的な駅前風景だったのである。切り通しの道が台地の南から大きくうねって下りてくる。スキーのダウンヒルを思わせるダイナミックなカーブの突きあたりには駅舎がぽつんと建っていて、店もわずかしかない。住人には不便かもしれないが、人の暮らしが地形とガップリ四つに組みあったさまに、想像では描けない鋭い印象があって忘れがたく、今晩の夢に出てきそうだった。

　右側の台地の上には「村の鎮守さま」と呼ぶのにぴったりのおおらかな空気の漂う平塚神社があり、そこの参道から滝野川体育館のほうに曲がると滝野川公園に出られた。

　高く繁った木々のむこうにテニスコートが見える。その先に道が通っているかどうかが判断しづらく、行ってみればわかるものの少々疲れてきたらしく足が前に出ない。立ったままぐずぐずしていると、どこからか人影が現れそちらに歩きだした。ということは、出られるという証拠だ。にわかに気持ちが上向きになり、その後を追っていった。

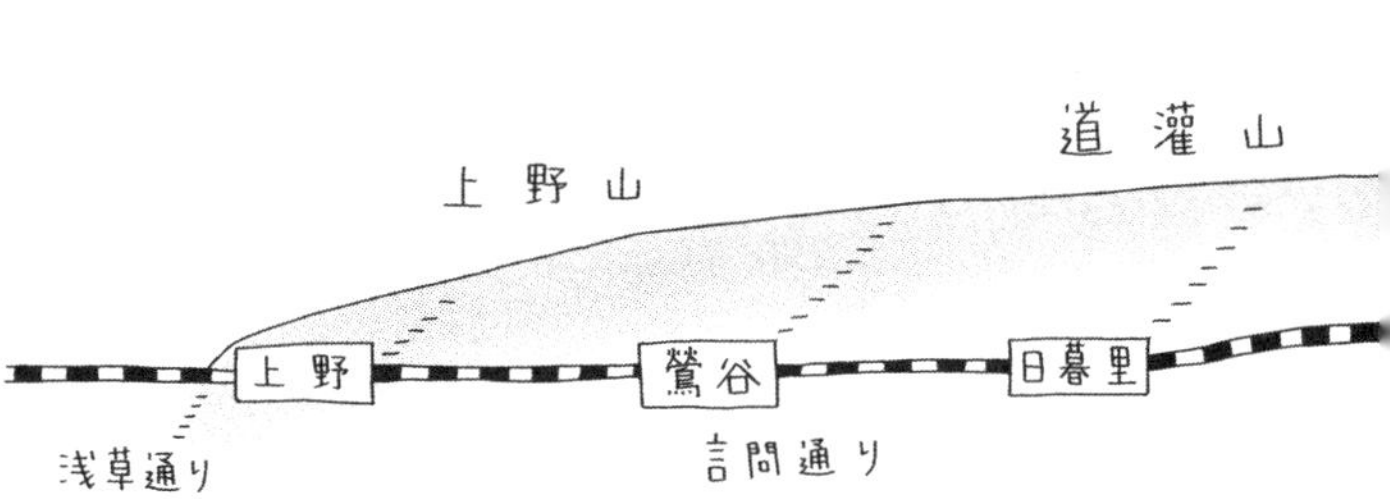

線路と平行して飛鳥の小径という通り道ができていた。きれいな敷石で舗装されており、折しも行く手から夕陽が射しこんでムード満点である。石と光のマッチングゆえか、イタリアのどこかの町を歩いているような心地がしてきた。

人が散歩している最中はなんとも不思議な意識状態にある。ここにいながら同時にここではない街の記憶を歩いている。あそこに似ていると思い返したり、過去に見たどこかの街の印象をまぜあわせたりして虚構の街を造りあげているのだ。夕暮れの光がそれを後押しする。からだの奥に静かな興奮が湧き上がるのを感じつつ、その小径を王子駅を目指して進んでいった。

＊

石畳道の先の階段を上り切ると崖がひときわ高くなり、線路側に連なる住宅のあいだを細道が抜けている。間口の小さな家のなかから魚を焼くにおいが流れてくる。テレビの音も聞こえる。崖は苔で覆われ、古色蒼然とした家と新築の家とが入り交じっている。

崖の上は国立印刷局の大きな敷地で、この細長いひものような住宅地だけがほかから切り離されて線路脇に横たわっている。電車の音がうるさいと思うのはよそ者の発想で、気になるのはいっときだけなのは、かつて住んでいたマンションが線路のそばだったのでわかる。耐えられるだろうかと案じたのもつかの間、すぐに耳が慣れて聴かなくなったのだ。

道の行く手が熱した鉄の棒のようにぐにゃりと曲がり、その正面に石垣が立ちはだかった。石垣の上は鬱蒼とした森で、そこから伸びだした樹木が急勾配の坂に覆いかぶさっている。黄色いTシャツを着たおじいさんが自転車を押して登ってきて、ふうと息をついた。思わず、すごい坂ですねえ、と声を掛けた。

ふだんは道では人と話さないし、そうしたほうがいいと思う場合でもなかなか言葉が出ないのに、いまは驚いたのと彼の登場とがピタリと合って躊躇する間もなく声になって発していた。

顔から玉のような汗が流れ落ちている。彼はよくぞ言ってくれましたとばかりの表情になった。

「坊さんがこの坂の上の木で首を吊ったのよ。だから坊主坂っていうの」

見てきたような口ぶりに、いつごろですかと問うと、江戸時代の末期と答えた。なあんだという表情がわたしの顔に浮かんだのかもしれない。でもね、と彼はつづけた。

「わたしが子供のころだってまだ怖かったよ。舗装されてなかったし、切り通しで暗くてさ、めったに通らなかったよ」

樹々は飛鳥山公園のもので、ひとつづきだった山を切り通して道が敷かれたのだった。公園側は標高も高く、夜中にこの道を通るのはいまでも勇気がいるだろう。

それにしても、坊主坂の名には想像をたくましくさせるものがある。ただの男の首吊りならなんとも思わないのに、お坊さんと聞いたとたんに妄想がむくむくと湧いてくる。どういう事情があってそこまで思いつめたのか。やはり色恋沙汰だろうか。


暗い道がまっすぐ先に延びていた。片側はアジサイの植栽で反対側は線路。その上は飛鳥山公園の森で、湧き水の滴《したた》りが暗い斜面を湿らせている。王子駅を出た人の波がアーチ形の跨線橋を渡ってくる。夕陽を逆から受けて切り絵のようになったシルエットが黒い山のなかにすたすたと消えていく。みんなこの山を抜けて家路につくのだ。

呆然として木立に見え隠れする人影を追っていると、女の声がした。

「今年の花は小さいですね」

初老の女性が手提げをかかえ持って立っていた。実はさっきわたしもおなじことを思ったのだ。この小ささはいったいどうしたことだろうと。

「鎌倉よりもこっちのほうがいいねって主人とよく見にきたんですけど、その主人が亡くなってね、ひとりで見にきたんだけど、これじゃがっかりね」

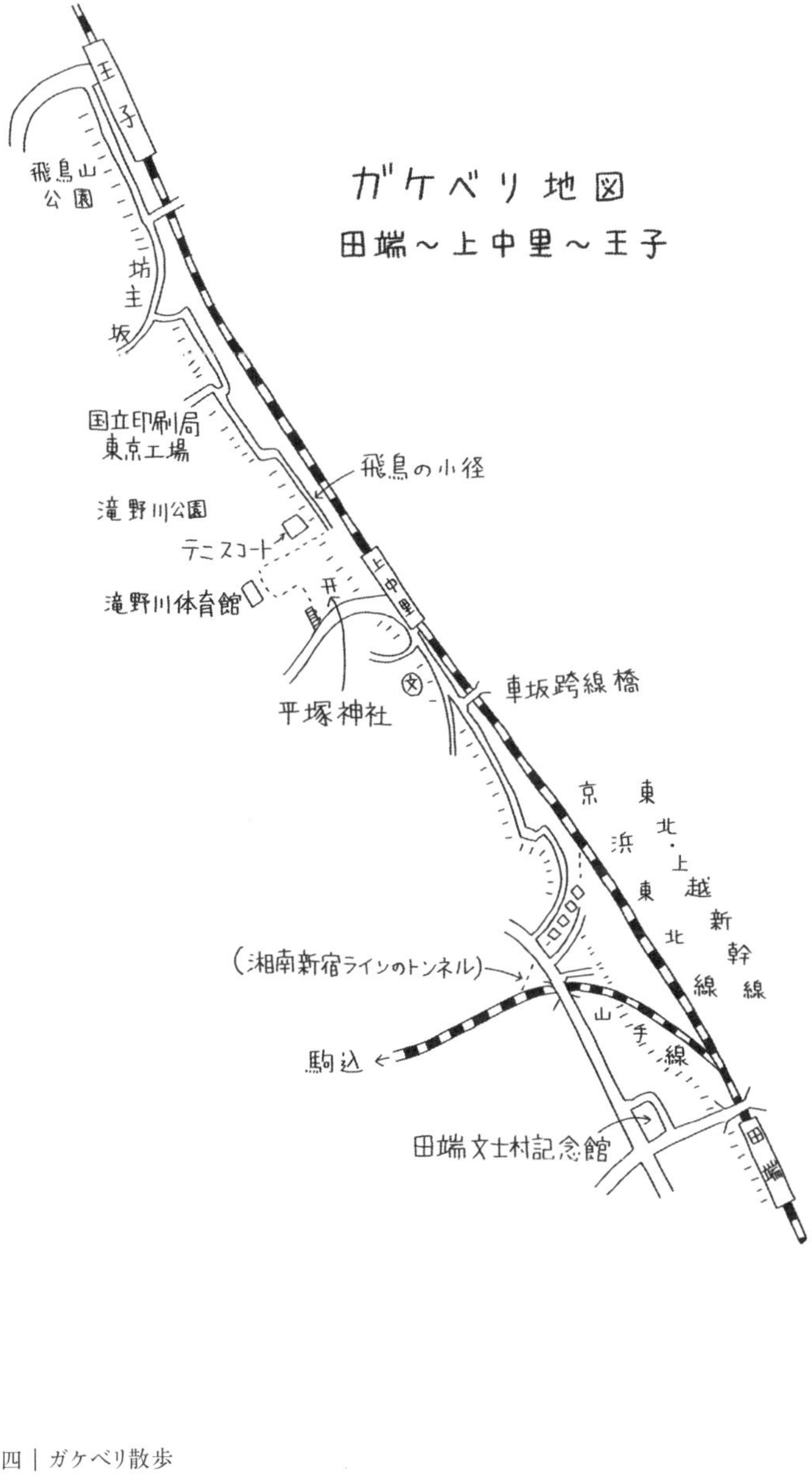
ガケベリ地図
田端～上中里～王子
王子
飛鳥山公園
坊主坂
国立印刷局東京工場
飛鳥の小径
滝野川公園
テニスコート
滝野川体育館
上中里
平塚神社
文
車坂跨線橋
京浜東北線
東北・上越新幹線
(湘南新宿ラインのトンネル)
山手線
駒込
田端文士村記念館
田端

女性はひとりでうなずきながら言葉を継いでいく。いつになく会話の多い宵である。人恋しい気配でも放っているのだろうか。かなり長いこと話はつづき、切れ目がなかった。このままずっと立ち話をつづけるのだろうかと思ったとたんに、女性は唐突に「ごめんなさい」と一言いって去っていった。

王子駅前に出たときは日はとっぷりと暮れ、おなかも空いていた。ふだんは夜にひとりで外食することはしない。遅くなっても帰って食べるほうが落ち着くのに、いまはどこかに入ってみたくて仕方がない。

駅前の大衆割烹《かっぽう》に入って釜飯を注文し、がらんとした店内でビールを飲みながら箸を動かした。これから帰る先は自宅ではなくて駅前のホテルである、と自己暗示をかけて店を出ると、旅気分はますます極まり、半透明になったからだが闇に溶けていった。

五

思いのほか樹が多い

内藤新宿の屋敷町、信濃町の養蜂場

仕事場に行く途中に、二階の屋根を越えるほど大きな楓《かえで》の植わっている家がある。冬のあいだは使いこまれた箒《ほうき》の穂先のように逆三角形に広がっていた枝に、ある日、印象派の筆使いを思わせる小さな緑の点々がついた、と思う間もなくそれが葉っぱのかたちに生長し、ぜんたいを覆いだした。このところ毎日、角を曲がるごとにその変貌ぶりに声をあげていたが、その声が追いつかないほどの勢いで、今日は山が出現したのかと思ってしまった。

一年でもっとも東京が輝くのは新緑の季節だろう。ふだんは、看板だらけだとか、電線が醜いとか、ビル風がひどいとか、非難ばかりあびている街が、この時季にはその欠点を補ってあまりあるほど見事な緑を披露する。歩きながら、こんなに東京には木が多かったのか、と改めて目をみはるばかりだ。

荷風も新緑に東京らしさを感じたひとりだった。

「輝く初夏《しょか》の空の下《した》、際限なくつづく瓦屋根の間々《あいだあいだ》に、あるいは銀杏《いちょう》、あるいは椎《しい》、樫《かし》、柳なぞ、いずれも新緑の色鮮《あざやか》なる梢《こずえ》に、日の光の麗《うるわ》しく照添《てりそ》うさまを見たならば、東京の都市は模倣の西洋造《づくり》と電線と銅像とのためにいかほど醜くされても、まだまだ全く捨てたものでもない。東京にはどこといって口にはいえぬが、やはり何となく東京らしい固有な趣があるような気がするであろう」

東京の西洋建築や電線や軍人の銅像を憎んでいた荷風だが、鱗のような瓦屋根のあちこちに鮮やかな緑が萌え出ずる春の季節には、ああ、この風景が東京だなあ、と思わずつぶやくのだった。建築物だけで足りるパリの寺院や宮殿や劇場とちがい、東京の建物には樹木と水流が不可欠で、それがあるゆえに美と威儀が保たれているという指摘がこれにつづく。

東京で目にする緑は、街路や公園や寺社や人家の庭など、人の手で植えられたものだが、なかでも散歩の道すがらに出会ってうれしいのは庭木の緑である。

視界のはじにその姿が入ると、知らない間にその道を曲がっている。木々があふれかえっている塀の内側に目を移せば、必ずや年季の入った住宅が建っているからだ。いつごろに建てられたのだろうと門やドアや窓の細部を見つめて想像を馳せ、折よくそのご主人が現れようものなら物語の一ページが開かれたようなスリルを味わう。緑は散歩を充実させるための目印であり、これを探しつつあみだくじを引くように歩いていけば、必ずや満足のいく歩行となるのである。

小説家の柴崎友香は、大阪で三十一年暮らして東京に引っ越してきたときにいちばん驚いたのは大きな木が多いことだったと、『よそ見津々』のなかで書いている。東京の人にそれを言うと不思議な顔をされるそうだから、住んでいると慣れっこになっているのかもしれない。巨木の数が日本一多いのは東京だという意外な事実も書かれていた。テレビの特集でこの知識を得た彼女は、二、三位が茨城と千葉ということから、「関東平野は地質や気候で木がよく育つに違いない」と結んでいる。

いわれてみればそんな気がする。マンションのむかいに欅《けやき》の木があるが、植えられたときはひよひよした苗だったのに、いつの間にかベランダの窓の半分を埋めるほどに大きく生長したし、うちのプランターのなかにも知らない木が勝手に生えて大きくなっている。いずれもその気配を悟らせないほどの素早さなのである。

東京山の手でもっとも庭木の多い場所はどこだろう。杉並区、世田谷区、大田区と広げていけば候補地は増えるが、山手線の内部と周辺に限ると、戸建て住宅が少ないので減ってくる。目白や小日向や本郷の高台ならば庭木のある一軒家が多そうだ、と思っていると灯台下暗しで、近所にそれにぴったり当てはまる場所があった。

四谷四丁目の交差点の南、新宿御苑と外苑西通りに挟まれて縦長に横たわっている町がある。もとは全域が内藤家の敷地だったことから内藤町と呼ばれている。

表通りには高層マンションが多いが、そこから横道を入ると、外苑西通りと並行した私道に、庭木に埋もれるようにして古い戸建ての家がいくつか残っている。都心にこんな風景があるのか、とここに来て声をあげない人はいない。新宿御苑の森がつづいていると米軍が誤解し、空襲を免れたという話があるが、たしかに戦前の家がこれほど固まって残っているエリアはまれだろう。緑の樹々でとりわけ目を引くのは欅で、二十メートルはありそうな大樹が傘のように枝を広げている。新緑のころは文字どおり目にしみ入るほどの鮮やかさだ。

とはいえ、代替わりのときに土地が手放されるのはどの町でもおなじで、近年内藤町でもある大きな屋敷地が売りに出されることになった。桜の古木や欅が日中でも薄暗く感じるほど生い茂っていたが、そこを不動産業者が買い取り、更地にして売り出すという話が持ちあがったとき、住民から反対運動が起きた。

運動の主は若者ではなく、この町に代々住んでいる七、八十代の古老だった。私道に面した土地では道路の持ち主の許可なしには車両の通行も配管工事も法的にできないことになっている。老人たちは「不許可」の表示を掲げて道の入口にピケを張り、工事を阻止しようとしたのである。

暑い夏のさなかに汗を流しながらの抵抗が行われたにもかかわらず、業者は偽の印鑑だかを使って許可申請をごり押しした。大方の木が切り倒されたが、幹の太さが一メートル以上もあって倒すのが厄介な角の欅だけは残された。運命のゆくえはその土地を買った者にゆだねられることになったのである。

分割された他の土地にはすぐに買い手がついたのに、欅の生えているその土地だけは売れ残った。やがてそこを買おうという人が現れ、欅の木を残して家を建てる方法が検討されたが、株が大きすぎてなかなかうまくいかない。手をこまねいているうちにその怪しげな業者が倒産し、手付けだけ打った状態で土地は宙に浮いてしまった。

区議会にこの話が持ちこまれ、新宿区が土地を購入し木を保護することが決まった。このような方策がとられたのははじめてで、新宿区の歴史を飾る輝かしい出来事になった。

いまそこには「内藤町けやき公園」という小さな公園ができている。百二十平米ほどのちっぽけなものだが、ベンチが置かれ、花壇が造られている。公園ができたのもいいけれど、それ以上に欅が残ったことがうれしい。というのは現在内藤町には六本の欅の古木が残っているが、それらは兄弟樹で、一本倒すとほかの木にもそれが影響し、勢いがなくなって枯れてしまうことがあるそうなのだ。ひとりが命拾いしたことでほかの五人も寿命が延びたのである。

わたしはそこを通るとき、天高く伸びた勇姿を上半身をそらして見上げる。よかったねえと声を掛けると、欅は黙って枝を揺らす。ひやっとしたよ、とほかのみんなもうなずく。

都心に緑が多いという事実を実証してくれる場所がそこから遠くないところにもうひとつある。いや、あったと書くべきだ。こちらは世紀が変わるころに移転し、いまはなくなってしまったのだから。

＊

ＪＲの信濃町《しなのちょう》駅を出て北側の高台の道を四谷方向に進んだ出羽坂の手前にそれは建っていた。雨の日でもそこだけは傘をささないで歩けるほど、塀の外に木立が庇《ひさし》のように伸び出し、その奥にはえんじ色のスレート張りの外壁に青いとんがり屋根をのせた洋館が建っていた。

光を遮られて昼なお暗い庭には蜜蜂の巣箱が並んでいた。二十箱くらいあっただろうか、蜜を運んでくる蜂たちがいつもぶんぶんと飛びまわっていた。

そこはカルピス株式会社を創立した三島海雲が、昭和三十年代に自邸ではじめた養蜂を引き継いだ三島食品工業の養蜂場だった。洋館の一階に事務室があり、屋敷ぜんたいが物語のなかにさまよいこんだような不思議な気配に満ちていた。

蜜蜂は花畑や果樹園のある田園地帯で飼うものとだれもが思うだろう。わたしもそう信じていたので、こんな場所で養蜂をして果たして蜜が集まるのか、とずっと不思議に思っていた。

あるとき意を決して訪ねていったところ、都心の自然観が変わってしまうような思いがけない説明を受けたのである。蜂の行動半径は三キロで、一日のうちに蜜のある場所（蜜源）と巣を往復して集めるそうだが、このあたりはその圏内に蜜の採れる木々がたくさんあるというのである。

いわれてみればなるほど、谷を隔てた南は赤坂御用地で、そのさらに南には青山霊園があり、西に行けば新宿御苑、明治神宮、代々木公園が、東に飛べば皇居がある、という具合にあふれんばかりの緑である。ニンゲンは御所や皇居に入れないが、蜂はフリーパスでどこにでも自由に飛んで蜜を集められる。

街路樹の存在も大きく、新宿通りにはエンジュ、外苑西通りにはキリ、赤坂迎賓館前にはユリノキ、プラタナス、トチノキがあり、花の季節には吸いきれないほどの蜜を提供しているのだった。

木に咲く花でも桜のように派手なものはわかりやすいが、花が小さかったり、色が地味だったりすると葉に隠れて見えにくい。ユリノキやトチノキに花が咲くとは知らなかった。

初夏のころに四ツ谷駅にむかうと、むっとするようなにおいのすることがある。心がむらむらっとするような旺盛な生命力を帯びたにおいだが、それはトチノキの花から放たれたものだ。蜜蜂たちはこのにおいに惹かれて飛んでくるのだろう。

収穫量は一年を通じて安定しており、多摩動物公園のそばにも養蜂場があるが、そこより都心のここの方がずっと多く、約十倍にのぼるという。

三島海雲はカルピスを発明した人物で、健康食品に並々ならぬ関心を抱いていた。長寿の秘薬としてロイヤルゼリーが日本に紹介されたとき、自らそれを作ってみようとこの庭にも巣箱を置いたのだったが、その成果の大きさには本人も仰天したのではないか。

「彼らにとっては理想の地なのです」

都心は自然の乏しい人工的な空間だと思っていたが、蜜蜂にとってはそうではない。思いがけない視点だった。

都心でハチミツが採れることに地方の養蜂業者は驚き、半信半疑で見学に来るが、蜂がおっとりしているのにみんなびっくりするという。蜜源が豊富な上に、ほかと争わなくていいから気持ちに余裕があるわけで、良家の子女を思わせる上品な蜂たちなのである。

一方、多摩の養蜂場は自然に囲まれているように見えても、ナラ、クヌギ、クマザサなど蜜の採れない植物が多い。加えて蛇やスズメバチなどの天敵がいたり、農薬散布があったりでおちおちと暮らせない環境になっているのだ。自然の豊かな場所というのはあくまでもニンゲンの側の言い分であって、蜂たちにとってどうかはわからない。蜂の事情とニンゲンのそれとは必ずしも重ならないのである。

養蜂場の蜂が飛んでいった
都心の蜜源

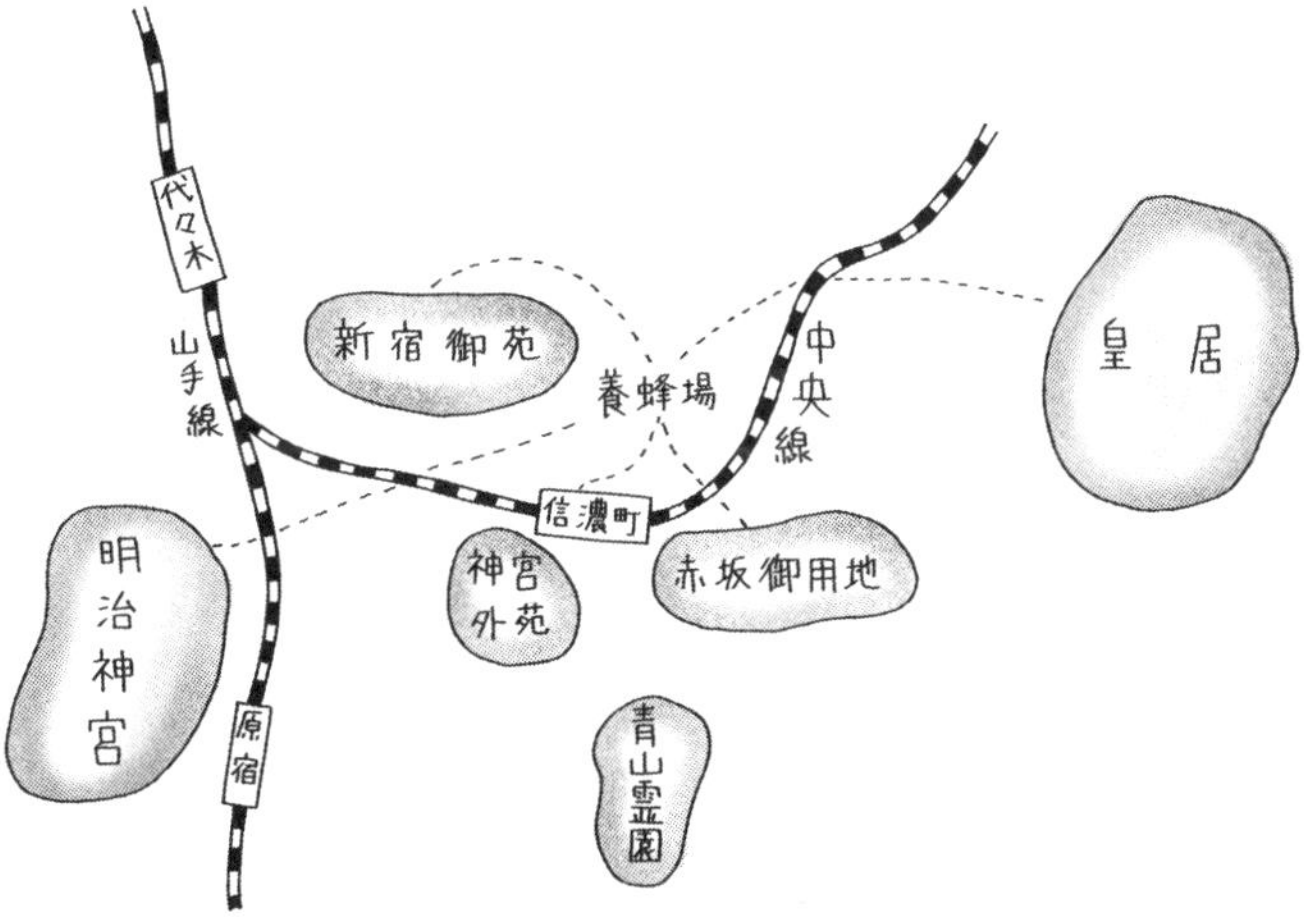

荷風は都心に西洋種の樹木が植えられるのを嫌った。「赤坂離宮のいかにも御所らしく京都らしく見える筋塀《すじべい》に対して異国種《いこくだね》の楓の並木は何たる突飛《とっぴ》ぞや」と怒りをこめて書いている。この並木はまさに三島食品工業の蜂たちが蜜を採集してまわっていたユリノキやトチノキのことである。

当時は瓦屋根で板塀の家が多かったから、日本の常緑樹のほうが似合ったはずで、西洋種は不釣り合いでおかしいと主張した荷風の気持ちはよくわかる。

だが、時代がくだって日本家屋が消えてマンションばかりになったいま、ユリノキやトチノキやプラタナスは違和感なく山の手の風景になじみ、蜜蜂たちに蜜を提供しているのだ。時代はつねに人の想像を超えて思わぬ方向に流れていく。

街路樹が葉を落とし、緑が激減するかに見える冬場でも、蜂たちは必ず蜜を集めてくる。足に花粉だんごを付けて帰ってくるのがわかるという。人間の目には花が絶えているように思えても、どこかで咲いている。彼らは別の目で東京を見ているのだ。

この理想の養蜂場はいまや閉鎖されて存在しない。それは緑が減ったためでも、事業が困難になったわけでもなく、地上げというニンゲン界の事情だった。ハチたちは多摩の養蜂場に引っ越していったが、神戸の「風見鶏の家」をはじめ多くの西洋建築を残したドイツ生まれの建築家デ・ラランデが建てたこの洋館は歴史的な価値が認められ、いまは江戸東京たてもの園に保存されている。かつての養蜂場がどんなだったかはつぎのページの写真をご覧いただきたい。

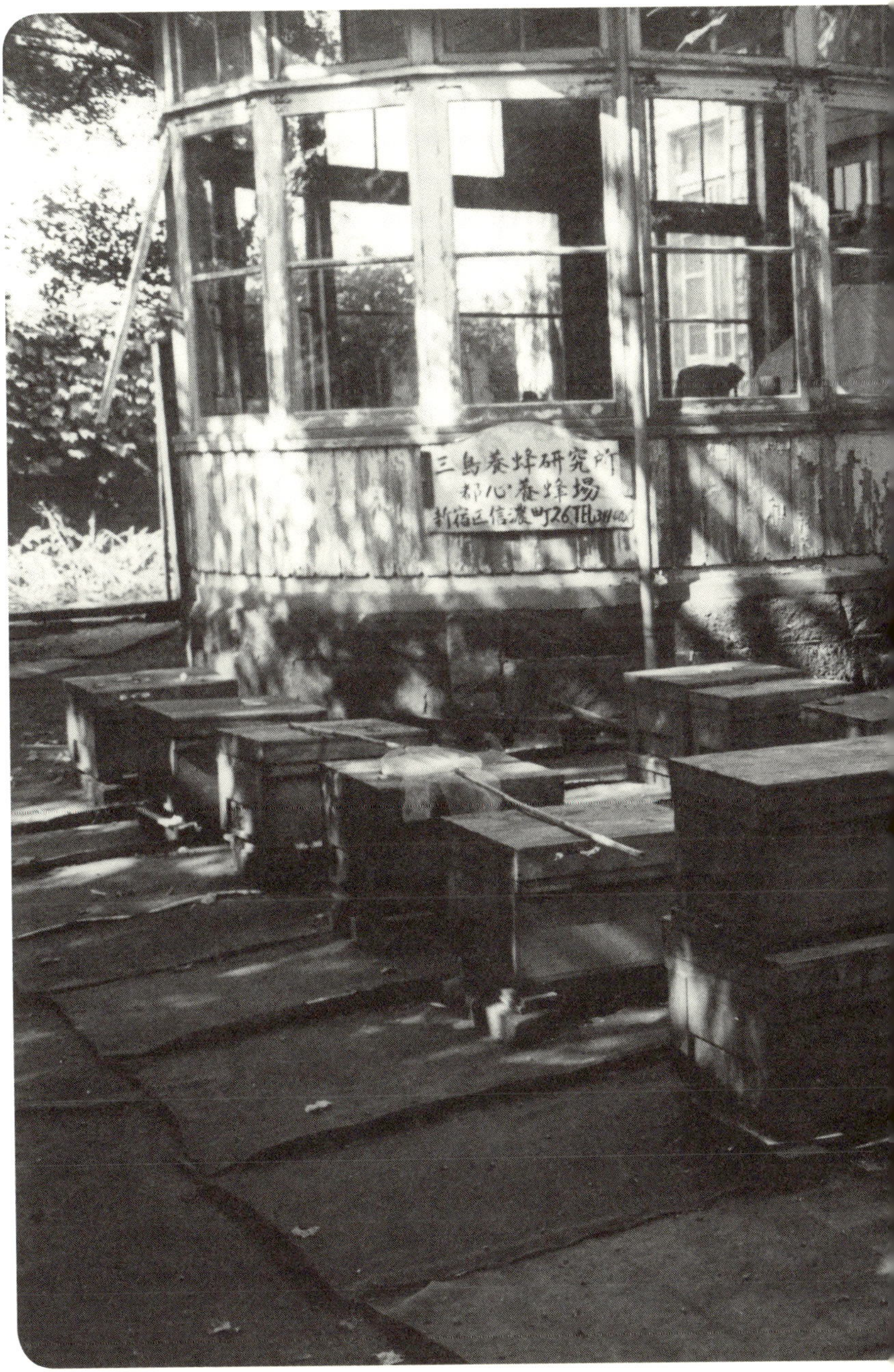
三島養蜂研究所
都心養蜂場
新宿区信濃町26

六

川を遡る、川を下る

日本橋川、渋谷川、古川

『日和下駄』を手にとり「水」の章を開く。「淫祠」でも「路地」でもなくここをめくったのは、ここ数日つづいている暑さのせいである。せめて文字面だけでも涼しいものを、とその章を再読して涼をとる。

そのなかで荷風は「東京の水を論ずるに当ってまずこれを区別して見るに」と前置きし、七つの水辺をあげている。

海湾、天然の河流、細流、運河、溝渠《こうきょ》もしくは下水、濠《ほり》、池の七つで、うち三つが河川である。彼の川へのこだわりの深さがうかがえるし、細かく分けたくなるほど東京に川が多い証ともいえるだろう。

「天然の河流」とは隅田川、中川、多摩川などの大きな河川のこと、「細流」はそれより幅の狭い神田川のような川、「溝渠もしくは下水」はさらに小さなドブ川のことだ。このなかで荷風のころと比べて激変したのは、「溝渠および下水」だろう。いや、わたしの子供時代と比べても大きく変わった。

「東京の溝川には折々可笑《おか》しいほど事実と相違した美しい名がつけられてある」
芝愛宕《しばあたご》下の桜川、神田鍛冶町《かじちょう》の逢初《あいそめ》川、真崎《まっさき》の思《おもい》川、小石川の人参《にんじん》川。
「今日の東京になっては下水を呼んで川となすことすら既に滑稽なほど大袈裟《おおげさ》である」
読みながら、ああ、そうだった、と膝を打つ。むかしは川は醜く嫌われ者だった。ドブ臭い、子供がドブに落ちた、ドブが詰まった、明日はドブさらいだ、などと生活のなかにも「ドブ」という言葉がしょっちゅう聞かれた。ドブはゴミ捨て場でもあった。捨てそこなった生ゴミの捨て場にしたり、古畳や自転車だって構わず投げこんだ。下水道ができるまで、川は生活で不要になったものを一手に引き受けていたのである。

とくに汚染がひどくなったのは高度経済成長期で、川のそばではきまって異臭がした。からだに染みつくような強いにおいだったから、かつて東京には川がたくさん流れていたといっても、その光景を知っている人は、でもなあ、と思うのである。あれは川なんてもんじゃなかったと。

とはいえ、東京の起伏を形づくったのがこうした水の流れにまちがいない。山の斜面から染み出した水が土砂を削って小さな谷をつくるように、東京を走る小さな流れがいくら歩いても歩き足りないほどおもしろい地形を生み出した。

隅田川は東京を代表する川だが、山の手の風景をつくったのはあの川ではない。いまは消えてしまった細流が迷路のような高低差を刻んだのだ。そう思って目を閉じると、東京中の谷に幻の川が流れ出し、わたしのなかに鎮魂の灯がともる。

わが町四谷にも、そんな細流のひとつが刻んだ深い谷がある。新宿通りの南側に谷の頭があり、溜池方向に下っていく。細く険しいこの谷は表通りからは見えないので、存在に気づいていない人も多いかもしれない。

この谷は荷風のお気に入りの散歩コースだった。四谷通り（現新宿通り）の髪結床へ行った帰りに足をむける、と「閑地」の項に書いている。かつては鮫河橋（鮫ヶ橋）と呼ばれたエリアで、むろんいまは川は消えてないが、むかしの地図を見ると谷間のあちこちに池が見えるし、赤坂御用地の手前には川の流れも描かれている。

＊

『日和下駄』にはどのページにも変わりゆく東京への落胆がにじみ出ているが、とりわけ「水」の冒頭では心情を吐露しないと筆がスムーズに動かないとばかりに水辺の情緒が失われたことを嘆いている。

江戸時代には川や運河は商業の生命線であると同時に、人々に四季折々の歓びをもたらしたが、「今日市内の水流は単に運輸のためのみとなり、全く伝来の審美的価値を失うに至った」。「単に運輸のためのみとなり」の箇所にわたしの目は釘付けになる。荷風の時代との差がここに出てはいないか。

現代では川を運輸と結びつけることはなくなった。物を運ぶといえば思いつくのは道路を突っ走ることで、大震災で見たように道路が切断されればたちまち物資の到着が滞る。ところが水運の時代、川は人や物の通り道としていまでは考えられないほど活躍していた。『日和下駄』の大正期にも、衰退していたとはいえ、まだそれが残っていたのである。

かつて船を仕立てて「東京川クルージング」なるものをしたことがある。水辺の復権ということが言われ、ウォーターフロントという言葉が流行っていた一九八〇年代半ばのことだ。『日和下駄』の影響もあって、江戸人の気持ちをちょっとだけ味わってみようと、浅草の船宿に頼みこんだのである。

若者の突飛な思いつきをおもしろがって格安で船を出してくれることになり、初夏の週末、屋根のない平たい釣り舟に声を掛けた友人三十名ばかりが乗りこみ、吾妻橋を出発した。

よく晴れた爽やかな日で、川面を渡る風が心地よく、みんな子供のように声を高くしてはしゃいでいた。でもこのまま隅田川を下っては遊覧船とおなじである。その日の目的はふつうでは入っていけない川を行くことだった。

柳橋で右に曲がり神田川を遡ることにした。両側から護岸が迫り、水嵩が減ってくる。操舵がむずかしいことは素人目にもわかったが、船頭さんは悠然と前をむいて川上を目指した。

水道橋にさしかかると、東京ドームにむかう群衆がニンゲンを満載した船が下を通っているのに驚いて足を止めた。橋から身を乗り出してのぞきこんでいる。興奮したわたしたちは「オーイ！」と声を掛け手を振った。

彼らはびっくりした表情で、振られたら振り返すという密約でも交わされているように手をあげてゆらゆらと動かした。わけのわからない優越感にみんなの顔がほころぶ。

飯田橋の手前で船は日本橋川に入り、そこからは高速道路の下を下っていった。道路の隙間から射しこんだ陽射しが水面を明るく照らし出す。どのビルも顔を道路側に向け、川のほうには薄汚れた背中をさらしている。窓や壁は排気ガスで黒ずみ、空調の室外機から垂れた水滴が涙の筋のようにつづいている。

うらぶれた光景にはちがいなかった。でもわたしたちの心は高揚していた。川から東京を眺めて、だれも知らない隠された都市の一面をかいま見ていることに興奮を抑えられず、酔ったように笑い、はしゃぎあったのだった。

隅田川・神田川・日本橋川
クルージングルート

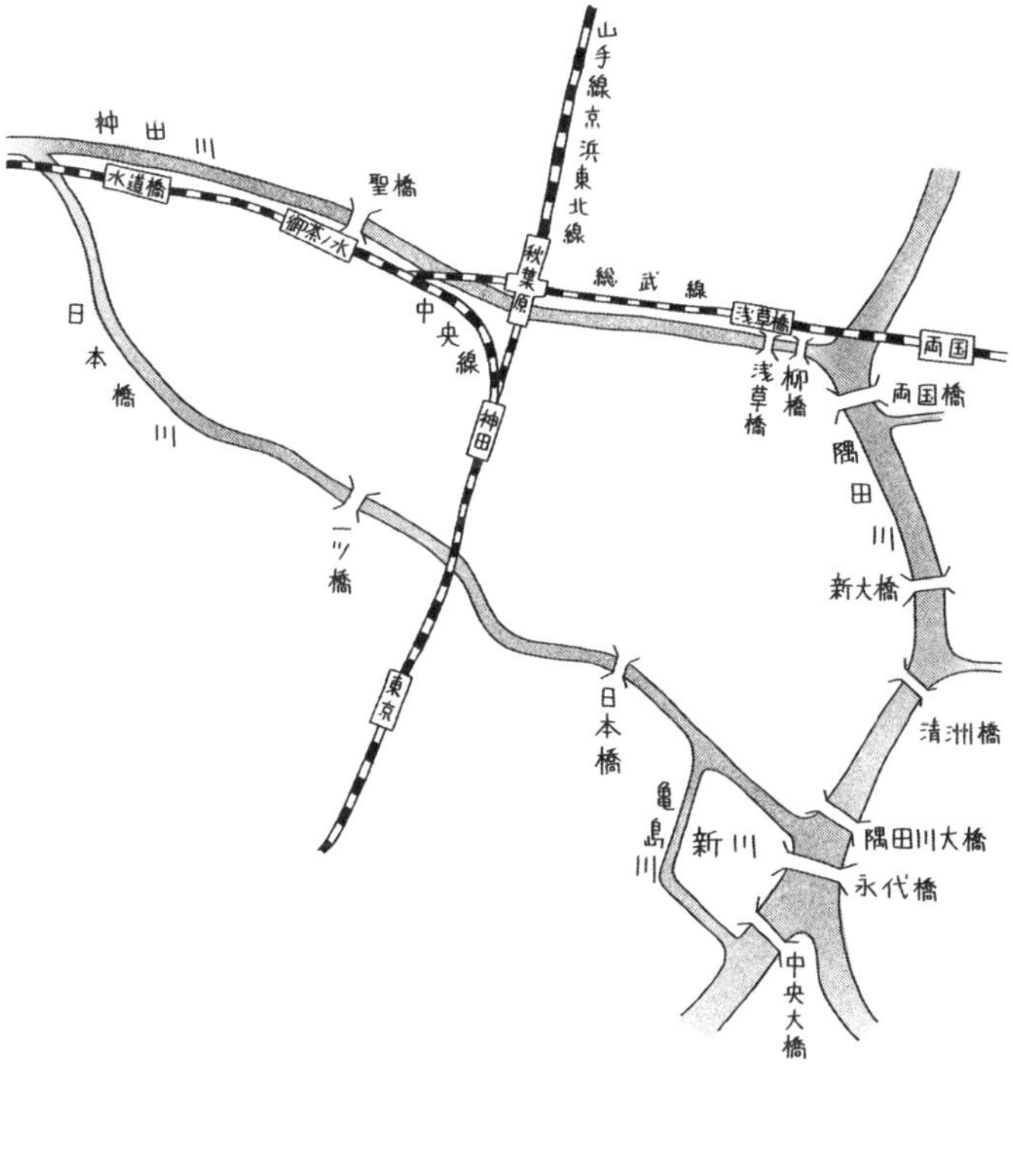

川は知らない間に生活のなかに入りこんでしまうものらしく、長く親しんできた川には懐かしさに似た感情を抱く。必ずしもいい記憶と結びつかなくてもそう感じるようだ。

その反対によく知らない川には驚くほどなんの感情も湧かない。ほかの川と印象がごちゃまぜになり、ただ流れていたという記憶があるばかりだ。建物ならはじめて見たものでも少しは記憶に残るのに、川はどうしてそうなのだろう。立体物と流れるものとのちがいだろうか。それとも、そもそも川のほとりで佇むということがこの街では少ないからだろうか。

そのような次第で、東京でもっとも親しみを覚えるのは隅田川だと書きたいところだが、実際はそうではないのである。東京生まれでも下町に暮らしたことのないわたしにとって、むかしからあの川は出かけた先で出会うものだった。いまもそうで、どこかよその町の川という気持ちが抜けきらない。

それならば深くなじんだ川はどこだろう。

西荻窪、高円寺、東中野と中央線沿線で子供時代を過ごしたので神田川には特別な思いがある。通った小学校は桃園川の縁に建っていて、その川を下れば神田川に出た。美しい光景はひ

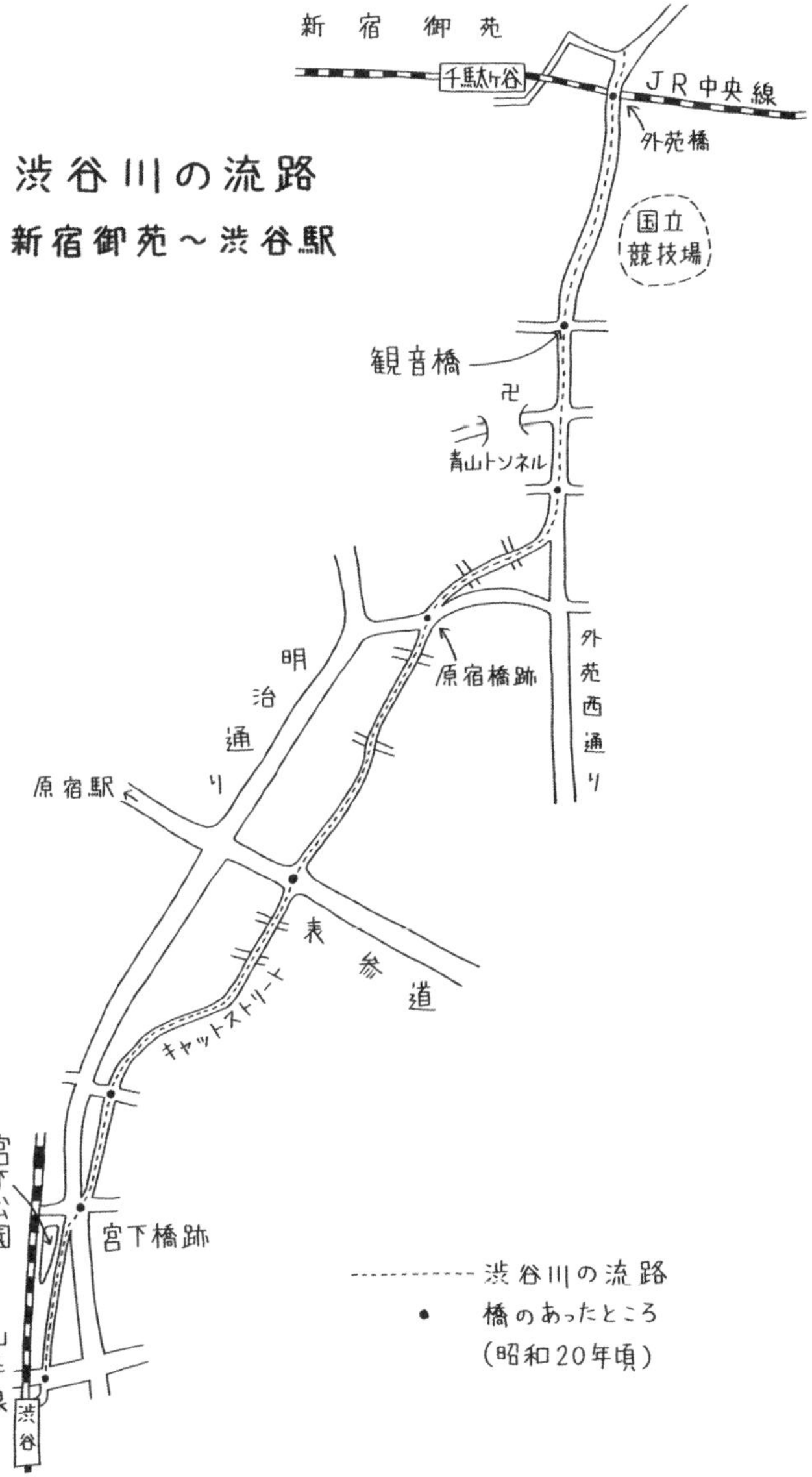

渋谷川の流路
新宿御苑～渋谷駅
新宿御苑
千駄ケ谷
JR中央線
外苑橋
国立競技場
観音橋
卍
青山トンネル
原宿橋跡
外苑西通り
明治通り
原宿駅
表参道
キャットストリート
宮下公園
宮下橋跡
山手線
渋谷
渋谷川の流路
橋のあったところ
(昭和20年頃)

とつとして記憶されてはいないけれど、この名を口にすれば感情が動くことはたしかである。

三十代で四谷に越してからは渋谷川に親しみを抱くようになった。暗渠になって川の流れは見えないにもかかわらず、この川を気に留めたのは、自転車がきっかけだった。

自転車に乗るときに厄介なのは坂の上り下りである。せっかく上ったと思ったらすぐに下りなければならない残念な場所が山の手にはたくさんあるのだ。

そんなとき、渋谷川が新宿御苑から渋谷方向に流れていたのを知り、このルートは使えるにちがいないと思った。川の道なら坂はないはずだから。

こうしてある日、消えた川の痕跡を探そうと、新宿御苑から水になった気持ちで低いほうへと歩きだしたのだった。しばらくは外苑西通りを下った。交差点に外苑橋下、観音橋と橋の名がついているのでこのルートでまちがいないだろう。

途中から住宅街に入っていくが、この入口がちょっとわかりにくかった。近所の人に、この辺に川は流れていませんでしたか、と聞くと、あそこを流れていたよ、と教えてくれた。

川幅は五メートルほどで、川縁に細い道がついていた。水がたっぷりあるときはきれいだったが、遠くから人がゴミを捨てにくるとまた汚くなった、などと話してくれる。へその緒がついている外人さんの赤ちゃんが下流につかえたことがあるという驚くような話もあった。

どれも昭和三十年代までの話である。東京オリンピックを目前に太くてまっすぐな道路が敷かれ、川は蓋をされて暗渠になった。青山や神宮前界隈が大きく様変わりした時期だった。神宮前二丁目と三丁目の境には石柱がぽつんと立っていた。原宿橋とある。柱だけでも残そうと思った人がいたことにちょっと感激する。

ここから先は遊歩道になっているのでわかりやすい。裏原宿といって小さなお店がひしめいており、表参道を過ぎてもそれがつづき週末には大変な人出となる。通称キャットストリートという。

明治通りに出たところでまた橋の名残りを発見。ここに架かっていたのは宮下橋だと知れる。

道路を横断し、宮下公園とビルのあいだを抜けて渋谷駅地下に到達。そこからは地上に顔を出し、明治通りの裏手を流れていく。ビルに隠れているので通りからは見えないが、東横線が渋谷駅を離れてすぐに車窓の左手に見える川といえば、ああ、あの川かと思い出すだろう。

水嵩が少なく、あまり川らしく見えないけれど、下流に行くと水量が増えてそれらしい姿になってくる。

この先の流路はおもしろく、恵比寿のあたりで進路を東にとり、暗渠になった笄《こうがい》川と交わる天現寺橋のところで名前を古川と改めて北にのぼり、一之橋でまた東にもどる、というようにクランク状に曲がっているのだ。

この流路を説明するとき、明治通りに沿って流れている、とつい言ってしまいそうになるが、よく考えると順序が逆で、工事のしやすい川べりに道路が造られたためにふたつが並行しているのである。

渋谷川の南には目黒川が流れているが、こちらは西から東に素直に流れていく。それに比べて渋谷川・古川のルートにカーブが多いのは、都心部ほど地形がでこぼこしていて屈折せざるを得なかったのだろう。

流域には恵比寿・広尾・麻布など、雑誌によく取りあげられるファッショナブルなエリアがあるが、よく見るとこれらは川で隔てられふたつの台地に分かれている。恵比寿から広尾方面に抜けるには途中で渋谷川を渡るが、ここで麻布の台地へと上がっていくのだ。恵比寿は高輪台地の西にあり白金や高輪と地つづきだが、広尾は麻布台地の南端にあって青山・六本木・赤坂と連続している。大昔ならば谷にへだてられ、めったに行き来しなかっただろう。

明治以降、これらの台地の上には宮家の屋敷が造られた。有栖川宮邸（現有栖川宮記念公園）、朝香宮邸（現東京都庭園美術館）、北白川宮邸（現グランドプリンスホテル新高輪）、久邇宮《くにのみや》邸（現聖心

渋谷川流域の台地（谷間部分着色）

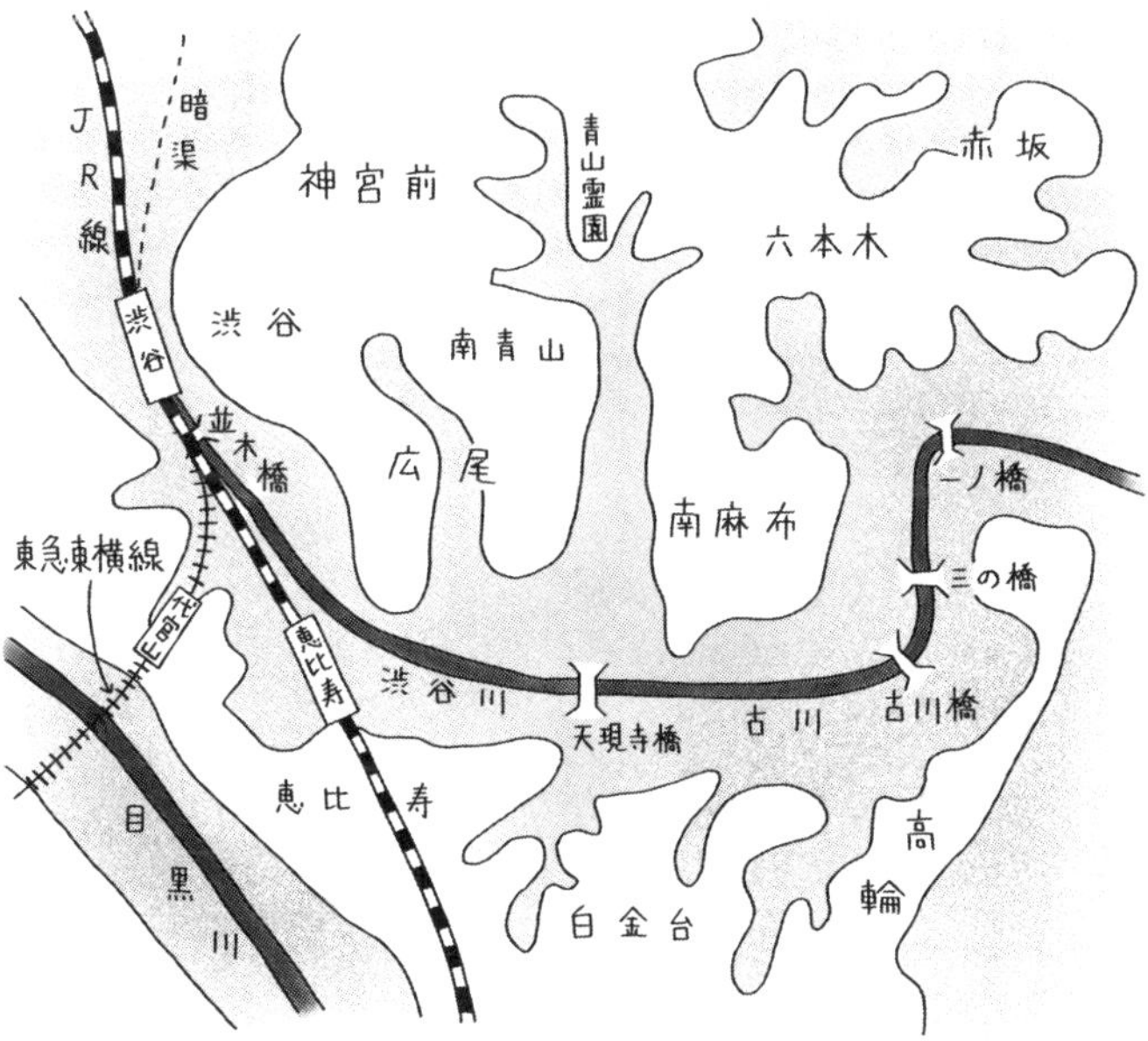

女子大学）など、いずれもこのエリアに点在していた御料地である。

また大使館の密集地帯でもあり、そのために外国人用の住宅やマンションが建てられたことも、都内有数のお屋敷町という印象を強めた。

だが、実際に歩いてみると大邸宅があるのは高台だけで、川のほうに下っていくと一転して土地の区割りが細かくなり、塀も庭も割愛されて道からいきなり玄関に上がるような小さな家が目立ちだす。

散歩の途中でこのような劇的な変化に出会うと、わたしはいまほかならぬ東京を歩いている！　という実感に、心の底から歓びが湧いてくる。


きっと荷風もおなじように感じていたのだろう。溝川の流れる裏町の「最も悲惨なる一例」として麻布の古川橋から三之橋のあいだを取りあげ、ここで氾濫が起きたときに破れ畳が水に浸る様子や、雨上がりの翌日の人々の活躍ぶりなどを念入りに（かつ楽しげに）描いているのだ。

屋根の上や窓には、水に濡れた家具や夜具布団や「何とも知れぬ汚《きたな》らしい襤褸《ぼろ》の数々」が恥じるところなく堂々と干されている。川に目を移せば「真黒な裸体の男や、腰巻一つの汚い女房や、または子供を背負った児娘《こむすめ》」がうごめいている。

彼らはいったいなにをしているのか。高台のお屋敷の庭にはきまって池があり、大雨が降るとその池があふれて飼われていた魚が川に流れこんでくる。彼らはそれを捕まえようと、ざるや桶や籠を持って川のなかで大騒動しているのだ。

捕った魚はもちろん食べるのである。お屋敷では観賞の対象として愛でられていた生き物が、川べりの家ではたちまちさばかれ人々のおなかに入ってしまう。夕餉《ゆうげ》の食卓には鯉こくや洗いがのったにちがいない。距離にして百メートルも離れていないのに、鯉の命運は逆転したのだ。

「汚らしい」を連発しながらそのシーンを描写する荷風の筆は容赦がないが、高みから見下ろしたり侮蔑したりするところはない。彼は呆《あき》れつつも圧倒されているのだ。何人もが寄り集まって一団をなしている光景に「此処《ここ》に思いがけない美麗と威厳とが形造られる」と書く。なるほど、そのとおりだ。ざるを持ってすくっているのがひとりだけなら平凡で、あっ、魚を捕っているやつがいるな、で終わりだろう。ところが眼下にあるのは、裸の男や上半身をさらした女房や赤ん坊を背負った子守りたちの一群が、わあわあ騒ぎながら逃げまどう魚を捕まえている光景なのだった。

無意識の集合が放つエネルギーに、個のちっぽけな自意識は吹き飛ばされる。それが天下国家にむけられると薄気味が悪いが、彼らが取りくんでいるのは今晩のごちそうの獲得なのだ。

久しぶりに食べる鯉こくの味に生唾をためながら夢中になるさまには、生命の美麗と威厳を感じずにいられない。荷風の正直で率直な観察眼が伝わってくる、『日和下駄』のなかでもっとも好きな箇所のひとつである。

＊

東京に細流がたくさんあったことは書いたが、川に劣らず多かったのは池だった。二〇一一年再版された参謀本部陸軍部測量局の「五千分一東京図測量原図」は、家の一軒一軒が描きこまれた細密画のように美しい地図だが、それを見るとどの町も池だらけで、あそこにもここにもというふうに、ひしゃげた水色の円が散在している。もちろん自然の池だけでなく人工池も交ざっているが、その数の多さには息を呑む。

荷風は池には川ほどの関心はなかったらしく、「水」の項で不忍《しのばず》池《の》と角筈十二社《つのはずじゅうにそう》池をあげているのみである。屋敷の池については、古川に魚が流れこんでくる話のほかには触れていない。外から窺い知ることのできない邸内の池は数のうちに入ってなかったのかもしれない。

しかし屋敷の池とても何もないところに一からできたわけではなく、自然の起伏をうまく利用して造られており、とくと観察すれば元の地形が浮かび上がってくる。

新宿御苑の水源

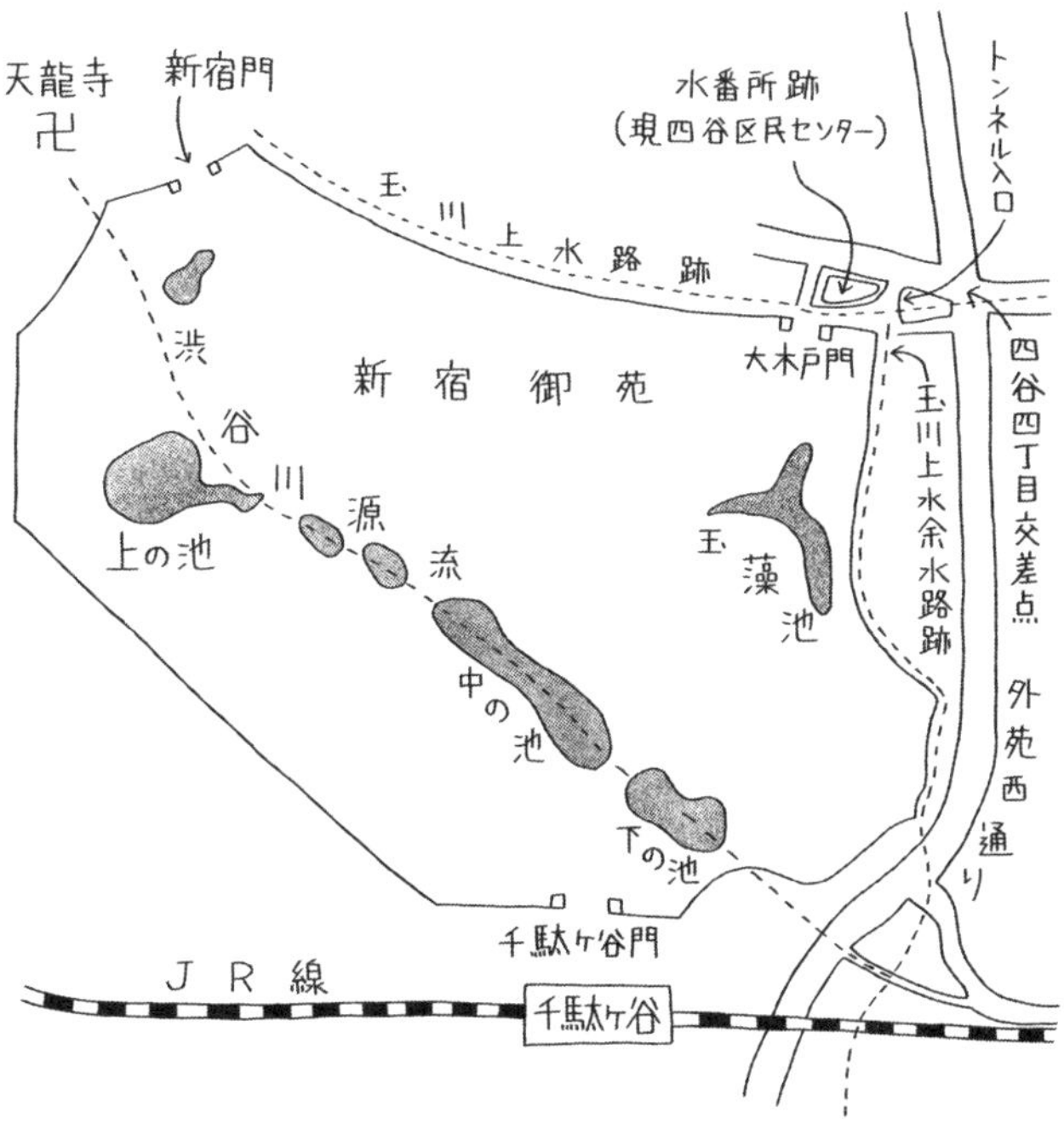

天龍寺
新宿門
水番所跡
（現四谷区民センター）
トンネル入口
玉川上水路跡
新宿御苑
大木戸門
渋谷川源流
上の池
玉藻池
玉川上水余水路跡
四谷四丁目交差点
外苑西通り
中の池
下の池
千駄ヶ谷門
ＪＲ線
千駄ヶ谷

そのよい例として新宿御苑を訪ねてみよう。大木戸門を入り、広大な芝生を南にゆっくりと下っていくと、いちばん低いところに池がある。西から上の池、中の池、下の池で、徐々に低くなりながら東に長くつづいていく。

池のむこう手、千駄ケ谷駅のほうは高台だから、これらの池がふたつの丘に挟まれた細い谷地にできているのがわかる。

谷のはじまりは御苑の西にある天龍寺の境内で、そこから湧き出た水が御苑の谷を抜け、外苑西通りのほうに出て、渋谷川の源流を形づくったのだった。

苑内にあるもうひとつの玉藻池《たまも》もおなじく谷を利用したもので、内藤家の庭園内に造られた。つまり御苑ができるずっと以前からあった細い谷が池に姿を変えていまに残っているのである。

玉藻池には湧水が注いでいたと本で読んだことがあるので、いまもあるだろうかと池のまわりを調べに行ってみると、小さな渓流が流れこんでいる箇所が見つかった。これがその湧水か、と勇んで管理事務所に尋ねると、なんのことはない、玉藻池の水をソーラーパネル発電で汲み上げて循環し、かつての庭園の雰囲気を再現しているのだった。

御苑の北側には玉川上水が流れていた。起点は奥多摩の羽村で、そこから延々と地上を流れて、御苑の北の角で地下溝にもぐり、市中に運ばれた。水量を管理する水番所は現在の四谷区民センターの東あたりにあった。

増水したときに余水を流す水路が水番所の南にあり、玉藻池の水はここに排水され、渋谷川に合流して海に注いでいた。

この水路跡はいまも見ることができる。四谷四丁目交差点のところに大きな口を開けている新宿御苑トンネルの左手に、歩行者専用の散策路がある。この密かな抜け道の入口のところで左手を見ると、塀に沿って幅の細い帯状の空間が延びている。これがその水路の跡だ。以前は窪んでいたので一目でそれとわかったし、下りていくこともできたが、高層マンションの建設のときにフェンスで囲まれてしまった。いまは御苑のなかから観察するほうがおもしろい。

御苑の東端にある、あまり人の通らないひっそりした道を進んでいく。コンクリートの縦格子の塀が現れたら、草むらに足を踏みいれそばに寄っていくと、草に覆われた空っぽの堀が見下ろせる。埋められたのは高層マンションの横だけで、このあたりはいまもそのまま残っているのだ。

ここに佇むといつも気になることがある。堀のむこう側は内藤町で一段高くなったところに古い屋敷が残っているが、そこの敷地から川にむかって石段がつづいている箇所があるのだ。

これはなんのためだろう。川で野菜を洗ったりしたのだろうか。まさか船を係留するためではないだろうが、ちょっとヴェネツィアの運河を思わせるような風景である。

この涸れた水路は大木戸門の手前で外苑西通りと交差し道を横切って建物の裏手に入っていく。橋の跡が残っているし、暗渠の上が児童公園になっているので跡をたどりやすい。流路に沿って曲がり、JR線の土手にぶつかって終わる。

この公園はふだんからひと気が乏しいが、西日が照りかえすいまの時間にわざわざ来る人はない。空っぽの公園にいるのはピンクやブルーのサイやラクダばかりで、みんな暑さにへたばったようにじっとしている。その中で黄色いライオンだけが口を開けて肩をいからせ、声にならない咆哮《ほうこう》をあげていた。

七

七つの丘を越えて

江戸川橋〜小日向〜小石川〜白山〜駒込〜本郷〜田端

ここまで読んでいただいて、東京がいかに起伏に富んだ街であるかおわかりいただけたことと思う。丘と谷が絶え間なく連続している、歩き通すならばかなり健脚向きの街なのである。

ところが、世間は東京をそのようにイメージしてはいないようなのだ。ローマ、リスボン、サンフランシスコ、と世界には丘で知られた街がたくさんあるけれど、東京がそれに数えられることはない。きっと丘が多すぎるのだろう。ローマのように「七つの丘」と切りのいい数ならいいけれど、無数にあるからイメージが薄れてしまうのだ。

都心では丘と谷が海にむかって指のように延びている。その「指」を横断してみれば丘の街を実感せずにはいられないはずである。

そこで、代表的な丘を踏破するコースを考えてみた。地形図に定規を当て、できるかぎりまっすぐ行ける道を探したところ、江戸川橋から田端に抜けるルートが浮かび上がってきた。距離にして六キロくらいのあいだに七つの丘がある。尾根の幅が細いので起伏の変化は申し分なく、町の雰囲気もがらりと変わる。これはなかなかの名コースだとひとり悦に入り、曇天のあい間のよく晴れた日に自分の足でそれを確かめるべく、江戸川橋を出発したのである。

ふだんは週末に歩くので今日のように週日の午前に歩きだすことはめずらしい。神田川に沿った江戸川公園には通勤中のサラリーマンや、乳母車を押す母親や、早めに買い物を済まそうという老人などが行き交っていた。公園の右手は高い崖になっていて木々が生い茂っている。「がけにのぼりおりしてはいけません!!」と立て札がある。たしかに崖が段々になっていて、登っていくとおもしろそうだ。立て札がなければ思いつかないのに、あるとかえって気をそそられる。なんだか逆効果のようだ。

この先の胸突坂を上がるつもりだったが、崖に見とれているうちに階段があるのを発見した。上に出られそうだと足の向くまま上がって行くと、関口台町小学校のところに出た。校庭から鼓笛隊の練習が聞こえてくる。そのつもりはないのに足の運びが音楽に合ってしまう。一緒に行進しているうちにつぎの通りに出た。

この道は第一の丘、関口台の尾根を貫く旧道の清戸道である。目白通りができる前はここが主要道だった。江戸川橋といまの清瀬市を結んでおり、江戸市中に農産物を運ぶのに使われた。帰路は空になった荷車に町家でくみ取ったおわいを載せ、あたりににおいを振りまきながら帰った。

いま登ってきた南斜面の下には神田川が流れ、反対側には音羽の谷が切れ込んでおり、江戸川橋のところでその谷と交差する。つまり尾根の突端に立っているわけだ。

どの坂を下りようかと考えて素敵な坂を思いついた。この坂がいいのは、つぎに登る小日向の丘が正面に見えることだ。山登りのときとおなじで、目指す場所が前方に望めると、つぎはあそこを登るのだな、と気力が湧いてくる。階段状の坂でいつ来ても人通りがなく、この日も同様だった。文京区の地図では「七丁目坂」となっているが、現住所は七丁目ではなく関口三丁目である。かつては旧音羽七丁目と八丁目のあいだにあったためらしい。

下りたところは上空に高速道路が走っていて、その先は音羽通りで谷道だ。両側に屏風のようにビルが建ち並んでいるので、通りからは丘の姿は見えないが、谷道にいることがなんとなく感じとれるのが不思議である。こうして道路を尾根と谷に分けて考えると、都心の複雑な地形もずいぶんと頭に入りやすくなる。この先も尾根道と谷道が頻繁に登場するので、そのたびに意識していこう。

音羽通りを横断し、小日向の崖線に沿って裏道を進んでいく。左側はコンクリートで土留めした高い崖である。むかしは細い川だったのだろう、と自然なカーブの形から想像した。子供のころはこういう道が多かった。川といってもドブ川で、木の電柱の先には裸電球が下がって

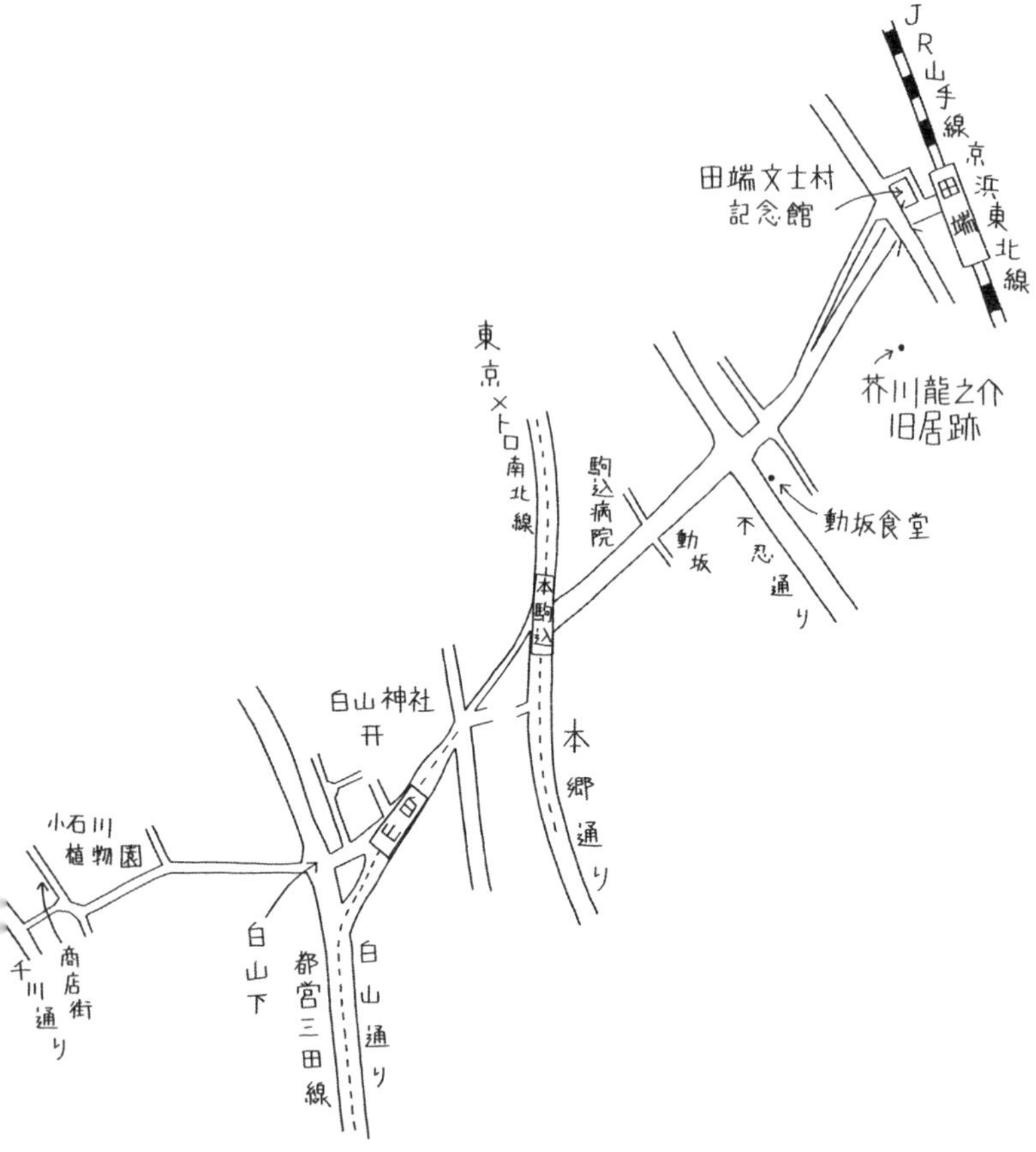

JR山手線
京浜東北線
田端
田端文士村記念館
芥川龍之介旧居跡
動坂食堂
不忍通り
動坂
駒込病院
東京メトロ南北線
本駒込
本郷通り
白山神社
白山
小石川植物園
白山下
都営三田線
白山通り
商店街
千川通り

七つの丘を越えて ルート

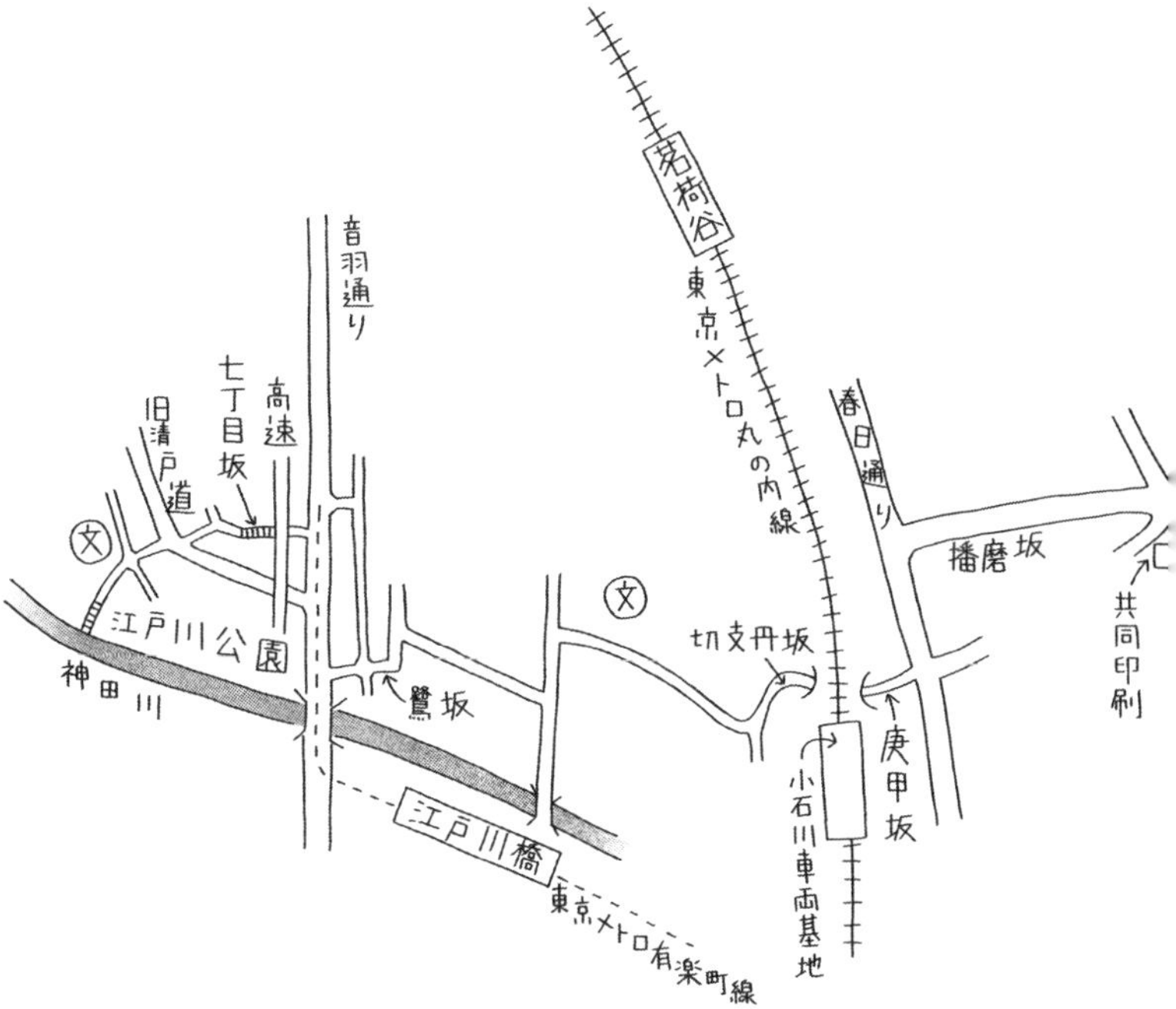

いて、「気をつけよう、甘い言葉と暗い道」という標語が立っていた。甘い言葉って何かなあと思ったものだ。

ここから小日向に丘にあがっていく。山の手エリアでもっとも愛する丘のひとつだ。まず「こひなた」という名前の響きがいい。聞くだけで心のなかがぽかぽかしてくるし、実際に日当たりがよくて明るく落ち着いた雰囲気がある。

この丘に登っていく道はいくつかあるが、はじめて行くならこの坂でなければならない。台地を切り通して造られており、左右も崖ならば正面も崖、という崖攻めの坂で、鷺坂《さぎざか》という。ここから登れば小日向の印象は一生忘れがたいものになるだろう。

坂にはカーブが二ヵ所ある。最初のカーブのところでカメラを構えていると、上からおじいさんが歩いてきて、「おっ、すごい坂だねえ」と下を見下ろした。「そうなんです、すごいんです」と思わず応えてしまう。

その先のカーブはさらにすごくて、立ち止まってほれぼれと見上げていると、上から小さな少女が駆け下りてきた。ふつうなら車が危ないので母親が手を引くところだが、これだけ険しくかつカーブしていると、タイヤのついた乗り物は相当に徐行しなければ進めない。つまりいちばん速く下りていけるのは人間なのだ。少女は両手を広げてのびのびと走り下りて行った。

この坂は肉眼で見ても迫力があるが、もっと驚くのはワイドレンズのカメラでのぞいたときである。カーブした崖の先端がいままさに進水しようとする船のように迫ってきて、丘の下が大海原に見えてくる。

鷺坂とは典雅な名前だが、命名したのは近所に住んでいた佐藤春夫や堀口大學らの文学者だった。江戸のころ、丘の上には久世大和守の屋敷があり、久世山と呼ばれていた。彼らはそこから「山城の久世の鷺坂神代より　春は萌《は》りつつ秋は散りけり」という万葉集の柿本人麻呂の歌を連想し、久世山だから「鷺坂」だ、とギャグ感覚で付けたのだった。

西側の斜面には鳩山会館がある。初代の鳩山和夫から元首相の由紀夫まで鳩山家四代が暮らした洋館がたっぷりの緑に包まれて建っている。七丁目坂から見えたのはここの森だったのだ。

丘の端に近づいているのを予感した。道はまだ下ってないのに、間もなく先が谷になることが周囲の気配から伝わってくる。家の建ち方なのか、道の交差する感じなのだろうか。

とそのとき、キーンという金属音が空高く響き渡った。電車の車輪がレールにこすれる音だった。道はゆるやかに下りていき、角を曲がったとたん、視界が百八十度に広がった。何本も並んだ線路と車庫のような建物が高い位置に浮かんでいる。山の手の住宅街にいるとは思えないような光景。赤いラインの入ったステンレスの車輌がゆっくりとそこに入って行く。

電車の操車場や電車区は広くて平らな土地に造られるのがふつうである。田端、尾久、品川など、JR線の電車区はどこも低地にあるし、私鉄の場合はたいてい都心から離れた郊外に造られている。山手線の内側に車輛場があるのは、この東京メトロ小石川車両基地くらいなのではないか。

むかし「地下鉄はどこから入れるのか」というギャグが流行ったことがあったが、この風景を見ればすぐに答えはわかる。台地に切れ込んだ谷間に道路より高い位置に工場が造られているのだ。これならばスルッと穴に入るだろう。

地下道をくぐって線路のむこう側に出ると、庚申坂《こうしん》という長い石段が丘の上に延びていた。登り切ったところは春日通り。空が広く、いかにも尾根道という感じがする。ここで三つ目の丘、小石川台にたどり着いたわけだ。

永井荷風が生まれ、幸田露伴が暮らし、石川啄木が若くして没した小石川の名は、明治・大正の文学地図には必ず登場する地名である。でも都心に土地勘がなければどこにあるかわからないのではないか。小石川という駅はなく、東京メトロ丸ノ内線の茗荷谷《みょうがだに》駅から歩くかバスになる。都心にありながら陸の孤島的なエリアで、この町に住む友人によれば、神楽坂に行くときはなんとももどかしいという。距離的には近いのに、後楽園のほうから迂回して何度も乗り換えなくてはならない。徒歩ならば文字どおり、山越え、谷越えのコースとなる。

しかしその「不便さ」ゆえに、この丘にはほかには見られない鷹揚な空気が保たれている。

「小石川の顔」とも言える播磨《はりま》坂は、中央に桜並木の公園があるゆったりした坂だ。ここを表参道のような商業地区に仕立てようと企む不動産業者が現れてもおかしくないが、そんな気配は感じられず、小さなお店がぽつぽつとあるだけである。不便さが盾になってよその人がどっと押し寄せるような町になるのを押し留めているのだ。

その小石川の顔である播磨坂を下っていくと、正面にこんもりした緑が見えてきた。思わず、心のなかであっ、と叫ぶ。山を歩いている途中で海が見えたときのように、小石川植物園が見えてくるといつもそう叫ばずにいられない。

坂下には千川通りが通っていて、かつては千川が流れていた。小石川はこの川の別名で、そちらは町名として残り、千川のほうは道路名として残ったのである。

通りの角には共同印刷のビルが青空に社旗をはためかせて建っている。「鉄腕アトム」に出てきそうな懐かしいデザイン。「昭和、ここにあり」という感じで、思わず拍手したくなる。

ここから四つ目の丘、白山御殿山台がはじまる。小石川植物園があるのはその南斜面だ。先日、久しぶりに園のなかを歩いて感激した。植物が種類ごとに植えられており、地形に沿って歩いていくと、植物それぞれが「人格」ある存在のように見えてくる。閉園間近で本物の人間がいなかったので余計にそう感じられ、植物の国を旅しているようだった。

植物園の原型は、五代将軍の徳川綱吉が館林藩主の時代に造った白山御殿である。大名屋敷が公園に転じた数ある例のひとつだが、造りすぎない自然な味わいが目黒の自然教育園に似て好ましく、都心の貴重なスポットだ。

御殿坂を上がっていく。長い坂の片側には植物園の塀がつづく。思うに、坂は登っている最中がいちばんおもしろい。上にどんな風景が待ち構えているだろうと期待しつつ、一歩一歩足を進めるその過程が最高なのである。頂上に着けばただ住宅街があるだけでどうということはないところが、自然の山を登っているときとのちがいだ。特にこの御殿坂は登り切ったらすぐに下りになるので丘の気分は味わえず、かなり拍子抜けする。自転車で来たら、いまの努力は何だったんだ！　と怒りたくなるだろう。

下ったところは白山御殿山台と本郷台に挟まれた指ヶ谷である。目の前を通るのは白山通りで、西の方角から小さな半島が延びている。目指す五つ目の丘はそこだ。

白山通りのすぐ裏手の商店街を行く。右側を注意していると、奥が階段になっている道があるのでそこを折れる。人の家に入っていきそうではらはらするが、恐れずに進めば左に細い路地がある。そこを数メートル行くと驚くことに白山神社の境内にでるのだ。表参道から行くよりも、このルートのほうが起伏が実感できて楽しい。

境内は台地の縁にあって見晴らしがいい。古くからある神社はたいがいここのように尾根の突端に位置しているが、その典型的な例である。背後には高層ビルがそびえていて、距離は離れているものの周囲に高い建物がないのでよく目立つ。新築された東洋大学の校舎である。大学はタワー流行りなのだ。

ここまで来たら道程の四分の三は終わったようなものだ。ほっとして一休みしたくなり、近くの紅茶屋さんに入った。

カウンターに座ろうとしたところ、席が埋まっていた。よく見るとコーナーに座っているのは知りあいのようである。横顔しか見えないが、お住まいがこの近所なのを知っている。「こんにちは」と声を掛けると、彼は一瞬何が起きたのかわからないというような顔をした。それに気づいて、となりにいた奥さんがあっ！　と大きな声をあげた。これだけ驚いてくれると声を掛けた甲斐があるというものである。ひとしきりおしゃべりし、サンドイッチと紅茶をいただいて再出発した。

白山上の交差点から斜めの細道を入っていくと、少しずつ標高が上がって本郷通りに出る。えっ、あの本郷通りがここに！　と驚くかもしれない。名前としては知られた通りだが、いきなり出会うとそれこそ思わぬところでばったり知りあいに出くわしたように意表をつかれる。ここで六つ目の丘、本郷台に出たわけだ。本郷通りは尾根らしい明るさにあふれ、台地の幅もこれまででいちばん広くてたっぷりしている。

道路を横断した先に並木道がつづいているのでそこを進む。左右に寺が多いからか、いつ来ても閑散としている。左に駒込病院が見えてくると道は下りだした。動坂という。好きな坂の名を言いなさいと言われたら、まっさきに挙げたいほどいい名前だ。もとは不動坂といった。そばに不動尊があったからだが、いつの間にか不の字がとれて動坂になったといういわれは、口に出して言ってみると納得する。「ふ」の音は破裂音で聞こえづらく、それがために「どう」のほうが耳に残って、「どうさか」と伝えられ、動かなかった坂が動きだしたのである！

坂の途中には動坂動物病院がある。「動」が二度繰り返されているところが、回文じみて惹かれる。動坂下には動坂食堂というのがあり、この名前もいい。どうやら、「動」の字と「どう」という音の響きに魅力の素があるらしい。

坂下には上野台と本郷台のあいだを抜けている不忍通りが走っている。谷田川（藍染川とも言う）が刻んだ渓谷で、通りの裏手には川の流路が道として残っている。左に行くと田端銀座という昔ながらの素敵な商店街があるが、今日はがまんする。ここからいよいよ最後の丘、上野台に登るのだ。

この台地のすごさは、ＪＲで上野から王子方面にむかうときにもっとも強く印象づけられるだろう。車窓の左手に切り立った崖がつづき、進むにつれて高さが増し、電車が地底にもぐっていくような錯覚が起きるのだ。

動坂下からその台地に登っていく。しばらくして道が切り通しになり、左右から崖が迫ってくる。切り通しという言葉を絵に描いたような迫力で、ここを通るときは崖が閉じて挟まったらどうしようという幼い妄想が湧くのを禁じ得ない。

道が上下に分かれるが、台地に上がるほうを行く。Vの字を横倒しにしたような角度でずんずん上がっていき、登り切ったところには尾根道が交差している。ガケベリ散歩のとき、この道を上中里のほうに歩いたのを思い出す。かつて芥川龍之介や室生犀星をはじめとして多くの文士や芸術家が住んでいたことから、田端文士村と呼ばれた。画家の小杉未醒（放庵）が移り住んで、美術の同人誌「方寸」の活動を引っぱっていったことから文化の拠点になっていったらしい。

田端駅が見えてきた。駅前の陸橋下にはJR線の線路がずらりと並んでいて、関口台や小日向台の景色がとても遠くに感じられる。七つの丘の名をひとつひとつ挙げながら、長い旅をしたという余韻に浸った。

陸橋を越えた反対側は隅田川のデルタ地帯で、山の手の起伏はここ上野台を最後に終わる。この先にはもう丘はない、と気づいたとたん、はたと閃いた。七つの丘のうちほかには切り通しがないのになぜここだけそうなっているのか、と思っていたが、簡単なことだ。この先はずっと低地つづきで上り坂がないからだ。切り通せば車の流れがよくなり、ダウンヒルの滑降のごとく低地にむかってまっしぐらというわけだ。

工事の完成は昭和八年。かなり早い時期にできているのに驚くが、これだけの規模の丘を切り崩すのは難工事だっただろう。もうもうと土煙があがるなかを人々が働いたり、行き来したりしているさまを想像してちょっとぞっとした。

八

ある池の謎をめぐって

四谷荒木町

荷風が余丁町に暮らしていたころ、家からもっとも近い繁華街は四谷だった。買い物をするにも、散髪をするにも、電車に乗るにも、二十分以上の道のりを歩いて四谷通り（現新宿通り）に出てきていた。いまは新宿のほうがはるかににぎわっているが、当時の新宿は宿場町に特有の埃っぽさがつきまとうわびしい町で、買い物ができるような店もあまりなかった。

かたや四谷は映画館や芝居小屋が建ち並び、遠くから買い物客は来るわ、夜は露店が立ってごった返すわで、現在の薄ぼんやりした印象からは想像もつかないようなにぎわいだったのである。

その雰囲気をいまもわずかに伝える場所といえば荒木町だろう。映画館や芝居小屋があったのはここの杉大門通りで、劇場はとうのむかしになくなったものの、ちょっと入ってみたくなるような小さな飲み屋やレストランが軒をつらね、人恋しい気持ちにさせる。

荒木町は荷風にとってもなじみの町だった。ここの二十七番地に部屋を借り、八重次という女性を住まわせていたのである。荒木町のどのあたりだったか興味をそそられるが、当時の地図を見ると荒木町全域が二十七番地になっており、場所が特定できないのが残念だ。

この荒木町の地形について、かねがね不思議に思っていることがあった。飲み屋街を往復しているだけだとなかなか気づきにくいが、この町は北にむかって傾斜しており、どんづまりが窪地になっている。石畳の路地をつたい下りていくといちばん低いところに小さな池があり、その水面に突き出すようにして弁財天がまつられている。策《むち》の池という。

奇妙なのは、そこから四方を見上げるとどの方角も高くなっていることである。つまり谷ぜんたいが完全なスリバチ形をしているのだ。どんなに奥深い谷間でも、深くえぐられた盆地でも、谷の全方位が閉じていることはあり得ない。どこかが割れていて川が流れているものだ。そうでなければ窪みに溜まった水がはけていかない。ところがこの荒木町の窪地にはその割れ目がないのである。こんな地形が自然に造られるものだろうか。

ずっと心にわだかまっていたこの疑問はあるとき、ふいに解けた。津《つ》の守《かみ》坂通りから外苑東通りに抜ける道をよく通る。ほかは谷に下りなければ行けないのに、その道だけは上り下りがなく平坦なまま行けるので、とくに自転車のときは都合がよい。

だが、このときの発見は自転車だったら得られなかった。歩いていたからこそ気がついたのだった。

歩きながら窪地に下りていく南側の石段を見ていた。そしてふっと反対側の地形はどうなっているのだろうと思ったのである。建物で隠されているためにそれまでは考えもしなかった事柄が、ふいに意識にのぼったのだった。

裏手の家に通じている隙間のような路地があった。住人に見とがめられないようにこっそりと入って裏側に出たとき、驚きのあまり思わず声をあげた。そちら側も大きな窪みになっており、靖国通りにむかって開いていた。つまりわたしの歩いていた道の部分だけがブリッジのように高くなっていたのだ。

その瞬間に閃いたのである。南北の窪地はもとはひとつづきの谷だったのが、途中を土盛りしてダムのように堰《せ》き止めたために南側の窪みが閉じてしまったということに。池を造るために人の手によりスリバチ形に変えられたのだった。

江戸時代、荒木町のほぼ全域が松平摂津の守の屋敷で、大小ふたつの池があり、天然の滝が流れ落ちていたことは、本から仕入れた知識で知っていたが、地形と造園の関係までは考えが及んでいなかった。荒木町の通りを隔てた南には鮫河橋の谷があり、ふたつの谷のかたちがよく似ているので、もしかして元はつながっていたのではないかと見当外れなことを考えていたのも、気づくのを遅らせた原因だったのかもしれない。

街を行くときは、その日ごとにバラバラな想念を頭に浮かべながら歩いている。個人的な問題をあれこれと考えていることもあれば、外の風景に気をとられていることもあるが、意識の水面下にはさまざまな問いが、問いとは気づかずに沈んでいて、あるときそれが集まりかたちとなって浮上する。まさにそのような瞬間だった。わたしはうれしかった。手を尽くせば調べがつくことだが、人の知識を経由せずにまがりなりにも自分で気がついたところに「大発見」の歓びを噛みしめたのだった。

歩く楽しさは見出す楽しさでもある。それは求めるものではなく、やってくる。歩く歓びに奉仕するうちに思いがけず何かが解けてくるのがたまらなく楽しいのである。

＊

谷を堰き止めて池を造るのは、大名屋敷の造園に常套的に使われた技術だったようだ。都内にはそうやって造られた池の例がいくつもあることを、『東京の公園と原地形』（田中正大著）で知った。戸山公園、国立科学博物館附属自然教育園、椿山荘《ちんざんそう》、横浜の三溪園など、言われてみればいずれも谷戸の地形を利用して池を造っている。

しかし、堰き止めたのはいいけれど、池の水の排水はどうしたのだろう。雨が降れば増水してたちまちあふれ出したはずで、それは現在の荒木町のちっぽけな策の池もおなじことでどこかに排出する場所があるはずだ。

この疑問は、インターネットで検索していてたまたまヒットした東京都下水道局のウェブサイトで解けた。荒木町の下水道の再構築工事をしていたとき、江戸時代に造られた石組みの暗渠が見つかったというニュースが出ていたのである(『ニュース東京の下水道』№一九九)。

幅六十三センチ、高さ八十八・八センチという大きなもので、延長五十三メートルあり、現在の靖国通りのそばを流れていた紅葉川を経由して外濠《そとぼり》に落ちていた。近代になってそれが鉄筋コンクリートの管に接続され、公共下水道の一部となった。

つまり江戸からいまに至るまで、荒木町の汚水はこの石組み暗渠を通じて排水されていたのであり、点検した結果、使用に耐えると判断、そのまま使いつづけることにしたという。当時の技術力の高さに驚くが、池造りは排水設備と不可分だから、池に執着すればおのずと下水技術も高まったのだろう。

大小ふたつの池の水面積は四千五百平方メートルと谷底を覆うほど大きなもので、それを満たすには滝の水で足りるはずがなかった。どうしたかというと、大木戸門から石組みの暗渠で江戸市中に送水されていた玉川上水の支線を庭園内に敷いて給水していたのである。

玉川上水の暗渠は支流に比べると一・八メートル四方と巨大で、大掛かりな工事のためにたくさんの人夫が雇い入れられ、石切横丁や湯屋横丁という地名ができた。石切横丁はわかるとして、湯屋横丁はなにかというと、泥まみれになって働いた人夫に湯浴みさせようと、近所の酒屋の主人が横丁に風呂釜を並べてただで入浴させたからだという。

それにしても、堤を築いて谷を堰き止めたり、地下に石組みの排水路を造ったりと、造園に注がれた情熱に驚いてしまう。大名たちにとって庭園は自己顕示欲の象徴だったのだろう。美と技の粋を集めた庭を造りたい、だれもやっていないようなことをして人をあっと言わせたい、とふつうの人とはちがう目で東京の地形を見ていたにちがいない。

荒木町の谷は幅が細く奥行きがある上に、天然の滝が流れ落ちているから、北向きであることさえ目をつむればかなり個性的な作庭ができる。大名本人ではないとしても、そう考えてこの地に目星をつけ進言した人がいたのだろう。

明治になり大名屋敷が払い下げられると、街中に滝があるのをめずらしがって人が訪れるようになり、池のまわりには茶屋ができて、とくに夏場は涼む場所としてにぎわった。時代が下って滝の水量が減り、池の大半が埋め立てられると、待ち合いや料亭が建ち花街の体裁をなしてゆく。「荒木町芸者」ということばも生まれ、三業地に発展した。ということは、いまにつづく荒木町の性格はぜいたく三昧の大名庭園が蒔いた種からはじまったのであり、なんだか地層が縦割りになって迫ってくるようなおもしろさがある。

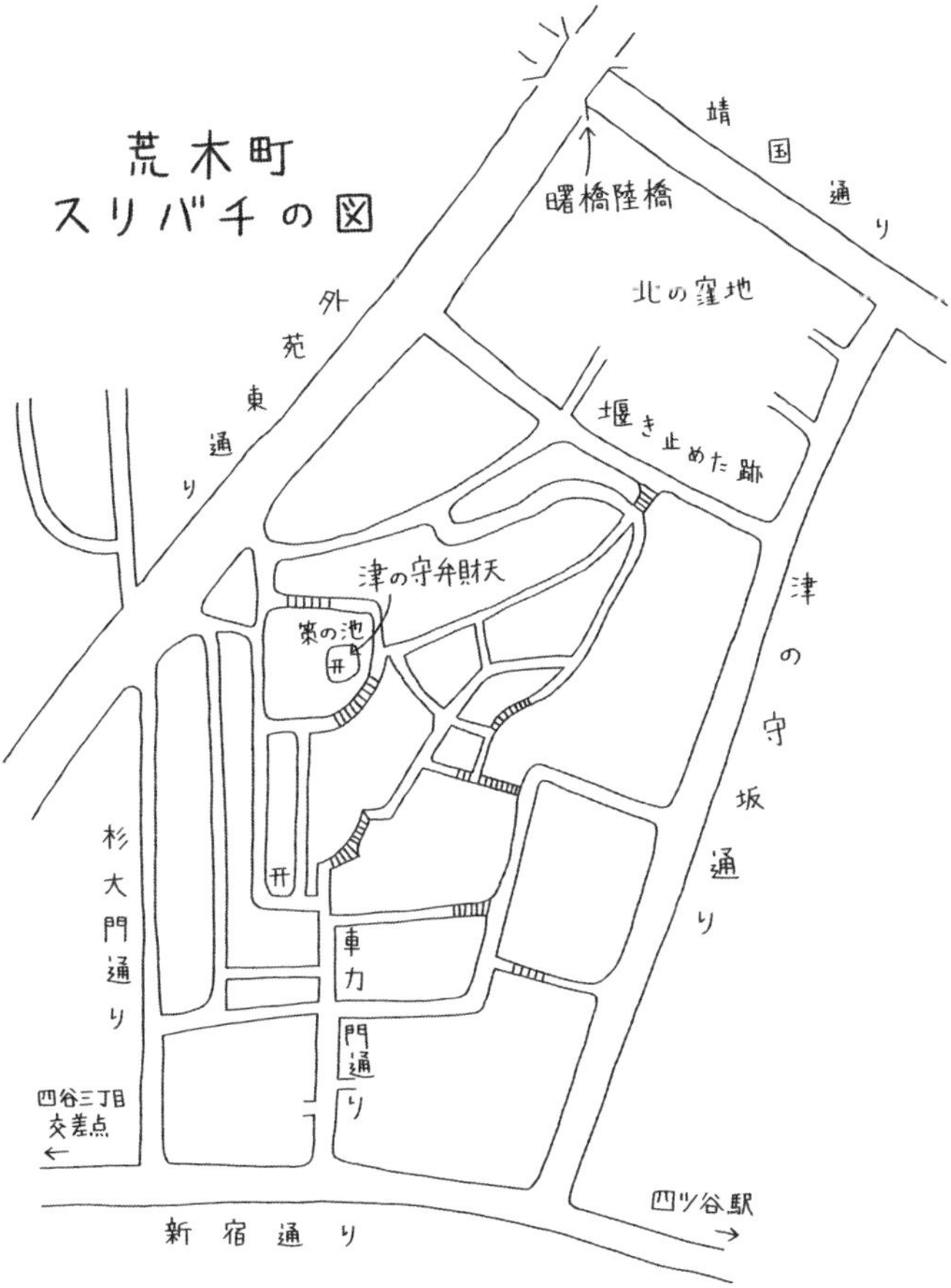
荒木町
スリバチの図
曙橋陸橋
靖国通り
北の窪地
外苑東通り
堰き止めた跡
津の守弁財天
策の池
津の守坂通り
杉大門通り
車力門通り
四谷三丁目
交差点
四ツ谷駅
新宿通り

わたしが四谷に越してきたのは一九八〇年代のはじめだが、そのころにはまだ料亭がぽつぽつと残っていた。夕方に路地を歩くと、厨房で立ち働く人影が摺りガラス越しに見え、思わず立ち止まって見入ってしまうことがあった。

またある晩などは、池のほとりにある弁財天の賽銭入れの口から何かはみだしているのでよく見たら一万円札で、入れる額の大きさもさることながら、はみでても平気なところがさすが色街だと感じ入ったのである。

新橋の芸者、八重次のために荷風がこの町の二十七番地に部屋を借りたのは大正二年、『日和下駄』を連載する一年前である。開け放った二階の窓辺で荷風が片肘をついて座っていたり、親友の井上唖々《ああ》が寝ころんで読書している写真が残っている。

窓の外には、いかにも窪地らしく家の建てこんでいる様子がうかがえる。女性を囲うのにまさにうってつけの場所だった。

この時期の荷風の行動ぶりは複雑で実に興味深いが、それについては改めて書くとして、ここでは荒木町という町が彼にとって親しいものだったことだけを心に留めておこう。

高輪・尾根道の西側に路地が錯綜、
奥にも階段が見える

小石川・沢蔵司稲荷
寺の裏手にまわると突然、異界が現れる

四谷荒木町
すり鉢の北側、防草シートが敷かれた窪地

新宿・富久町界隈
さまざまな路地の顔

三田
捨てられない物が山を成した路地奥の家

四谷荒木町
夕暮れの杉大門通り。
左右に細い路地が伸びる

九

荷風の散歩道

余丁町から四谷の谷へ

余丁町に暮らしていた荷風がなにかにつけ四谷に出てきたことは前に書いたが、用事を済ませたあとは四谷通り（現新宿通り）の南側の谷間をよく散歩した。かつての鮫河橋（鮫ヶ橋）、現在の須賀町、若葉二丁目、三丁目、南元町に当たる小さな谷である。

初夏の夕暮れ、散髪や買い物を終えた荷風は急坂を下りて谷を貫く一本道を南に歩いていく。二十分も歩けば道は行き止まりになり、赤坂御用地にぶつかる。手前には火災の延焼を避けるための火避《ひよけ》地、すなわち建物のない草ぼうぼうの空き地があり、そこで足を止めて「若葉と雑草と夕栄《ゆうばえ》」を眺めるのだった。

「この散歩は道程《みちのり》の短い割に頗《すこぶ》る変化に富むが上に、また偏狭なる我が画興に適する処が尠《すくな》くない。第一は鮫ケ橋なる貧民窟の地勢である。四谷と赤坂両区の高地に挟まれたこの谷底の貧民窟は、堀割と肥料船《こえぶね》と製造場《せいぞうば》とを背景にする水場《みずば》の貧家に対照して、坂と崖と樹木とを背景にする山の手の貧家の景色を代表するものであろう」

散歩の距離は長くはないが、その道程に地形に由来するヴィジュアルなおもしろさが満載されていて、そこに山の手ならではの風情があるという彼の指摘に深くうなずく。

当時の四谷通りは遠くから買い物客が押し寄せる、いまでいうなら新宿東口界隈のようなにぎわいだったが、ひとたび坂を下りると貧しい家のひしめく町に一変した。この廻り舞台のような劇的な転換に荷風は魅了されたのだった。

このあとにつづく「貧民窟」の描写は、大雨のあと屋敷の池から流れ落ちた魚を捕る古川沿いの住人を描いた箇所とおなじくらい遠慮がない。

「貧家のブリキ屋根は木立《こだち》の間に寺院と墓地の裏手を見せた向側の崖下にごたごたと重り合ってその間から折々汚らしい洗濯物をば風に閃《ひらめか》している」

崖に青々とした雑草が萌える初夏のころは、そのブリキ屋根は一層汚らしく見え、冬の雨の夕暮れともなれば破れた障子に灯火の影が映り、墓場の枯れ木でカラスが鳴き、これもまた物悲しい。

こうした四季折々に見せる貧家の情趣を慈しむ荷風は視覚の人だった。町と人の観察を楽しんだのであり、人に話しかけたり、店でものを買ったりはしなかっただろうし、スラムの現実に怒ったり、それにコミットできない自分を責めるということとも無縁だったはずである。

だいたいそういうタイプの人間はこういう物騒な谷間をぶらぶらと歩いたりはしないものだ。完全な傍観者として想像の世界に浸る、ニヒルでセンチメンタルで同時に残酷でもある窃《せっ》視《し》者だけが、都会の散歩者になれたのである。

江戸から明治にかけて、鮫河橋は「東京三大貧民窟」のひとつに数えられるほど有名だった。ほかのふたつは芝新網町《しばしんあみちょう》と下谷万年町《したやまんねんちょう》で下町にあったが、山の手のここには下町のスラムにすら住めない上京したての人が多かった。

横山源之助の『下層社会探訪集』（立花雄一編）にはこの町の職業調査が載っているが、それによれば人足や人力車夫（しかも夜業車夫）など肉体だけが勝負という仕事が目立つ。ほかにも便所掃除、屑拾い、蛙取りなど、区役所の納税簿にものぼらないものもあり、手に職のない最下層の吹きだまりだったのがわかる。

時代が下るとともにそのスラムぶりは少しずつ改善されていったものの、昭和二、三十年代までその雰囲気が濃厚に残っていたことは、四谷に長く住む人と話していると伝わってくる。そこを通るほうが近いとわかっていても遠回りしたくなるような、用のない者以外は足を踏み入れるのを遠慮するような、要するに「ガラの悪い場所」として付近の住人に恐れられていた。

そのような凄みの利いた町に荷風はすたすたと下りていったのだった。人並み以上に背の高い彼の姿は目立っただろうし、よそ者であるのが歴然としているから、うさんくさい目で見られたこともあっただろう。

もしそうならばかなり緊張する散歩だったように思うが、実際にはどうだったのだろう。好奇心のほうがまさって住人の視線など気にならなかったのだろうか。それとも自分を透明にして歩く散歩の術のようなものが備わっていたのだろうか。

いまこのエリアを歩いてもスラムの気配は少しも感じられない。ここ十数年のあいだに谷筋の小さな家が取り壊されてマンションになったり、戸建てが建て替えられたりして、かつては醤油で煮しめたような色をしていた町もすっかり白っぽくなった。

白さが増すと過去も漂白される。鮫河橋の地名には聞き覚えがあっても、ここがそこの場所だと知る人は少ない。少なくとも外見上は手がかりが消えており、人に訊かれて答えると、あそこのことですか！　と驚かれるのである。

＊

荷風がこの散歩道に惹かれる第一の理由は「貧民窟の地勢」だったが、それだけではなかった。あばら家のひしめく暗く湿った谷間を抜け甲武鉄道（現ＪＲ線）の土手を越えると、目の前に青々とした草地が広がった。道はそこで行き止まりで、荷風は散歩の杖を休めて前方を見やった。

「赤坂御所の土塀《どべい》が乾《いぬい》の御門というのを中央《なか》にして長い坂道をば遠く青山の方へ攀登《よじのぼ》っている。日頃人通《ひとどおり》の少ない処とて古風な練塀《ねりべい》とそれを蔽《おお》う樹木とは殊《こと》に気高《けだか》く望まれる」

草木のかぐわしいにおい、坂上につづく御所の古風な練塀、その奥に鬱蒼と繁る樹木……。目に入るものすべてがみずみずしく爽快な気分にさせる。飄々《ひょうひょう》と歩いてきたつもりの荷風も気づかないうちに詰めていた息を解いて大きく深呼吸しただろう。

この赤坂御所はいまも存在している。外観は当時とさほど変わらず、緑豊かなさまが森が出現したようで、その手前にはグラウンドの付いた「みなみもと町公園」がある。荷風はこのあたりに佇んだのだった。

火事の多かった江戸では、市中の髄所に延焼を防ぐために家を建てるのを禁止した火避地がもうけられた。荷風が佇んだ草地も火避地のひとつだったが、造られたのは明治以降である。きっかけは皇居の火災だった。明治六年、女官が物置きにしまっていた藁灰《わらばい》から火の手があがり、皇居の大半が炎上するという事件が起きた。

皇居が燃えて住む場所を失った明治天皇はさっそく皇后とともに赤坂御所に越してきた。紀州徳川家の屋敷が皇室に召しあげられ離宮になったのは火事の前年のことであり、一年もたたないうちに役立ったのである。

それ以来、われわれも徳川御三家のように複数の屋敷を市中にもつべきだという意見が皇室であがり、皇居内の皇族の住まいは御用地をもうけてつぎつぎと皇居の外に移された。赤坂御所も紀州家の残りの土地を買いあげて広げられ、周囲に皇室用地が増やされた。

それにしてもなんと過激な取り合わせだろう。鮫河橋は「東京三大貧民窟」でももっとも密集度の高いスラムだったが、そこから三百メートルも離れていない場所に、当時は現人神《あらひとがみ》として崇められていた天皇が生活していたのである。

新しい皇居が完成したのは明治二十一年で、実に十五年ちかくお隣同士の関係がつづく。平地ならばエリアをはっきりと区分できるが、凸凹が多いとそれがかなわない。東京ならではの地形のいたずらと言える。

こうした事情を考えると、火避地が造られたわけもおのずと知れるだろう。木っ端を集めた小屋から火が出ればあっという間に谷全体に広がる。その火が御所に及ばないためにも、ごみごみした風景を視界から遮るためにも、緩衝地帯は必須だったのである。

こうして小屋が取り壊され、更地に杉の木が植えられ、荷風が「若葉と雑草と夕栄」を楽しんだのどかな草地が生まれたのである。

いまではその場所はグラウンドと児童公園と散策路のついた公園に生まれ変わっている。朝には犬を遊ばせる人の姿や、公園のなかを突っきって四ツ谷駅にむかう人影が見え、夕方にはは薄明かりのなかでサッカーボールを蹴る青年たちがいる。週末にはユニフォームを着こんだ小さな少年たちが野球試合にやってくる。わたしもときおりストレッチのために雲梯《うんてい》にぶらさがりにいく。

住人に親しまれているこの場所も、わたしが四谷に越してきた八〇年代には公園とも空き地ともつかない中途半端な状態だった。敷地の奥のほうには草がぼうぼうと生え、人通りもほとんどなくてさびれており、都心の一等地がどうしてこんなふうに放置されているのだろうと不思議に思ったものである。完成をみたのは九〇年代に入ってからだろうか。

この公園はグラウンドのほうから見るとどこにでもありそうなありきたりの公園に思えるが、東側の崖の上から眺めるとだいぶ雰囲気がちがう。仮皇居ができたときに植えたと思われる杉木立がかなりの高さに育っており、道を挟んだ反対側の学習院初等科の林とあいまって深々した緑を感じさせる。道の先にはJR線をまたぐ陸橋がある。この朝日橋の手前に立ち、杉の交じった雑木林のあいだから公園を眺めると、なぜだか物寂しくも懐かしい感覚に襲われるのだ。

＊

あるとき火避地で夕栄を眺めていた荷風は水音を聞く。猫柳が枝を絡ませているあたりに夏の夕立ちを思わせる激しい水音がするので、「毒虫をも恐れず」草を踏み分け近寄っていくのだ。

「柳の蔭《かげ》には山の手の高台には思いも掛けない蘆《あし》の茂りが夕風にそよいでいて、井戸のように深くなった凹味《くぼみ》の底へと、大方《おおかた》御所から落ちて来るらしい水の流が大きな堰《せき》にせかれて滝をしているのを見た」

荷風の見たこの穴は何だったのだろうとずっと気になっていたが、あるとき近くに住んでいる明治生まれのおばあさんに話を聞いてわかった。子供が四、五人で手をつないだくらいの大きさの穴で、段差があって滝のように水が流れ落ちており、ゴーッという音が恐ろしかったという。暗渠になったドブ川がここで顔を出していたらしい。穴の口のところにはゴミを取り除くための柵が付いていて、これが荷風が堰と呼んでいるものと思われる。水はそこを通過し穴の奥のさらに深い場所に流れ落ちていた。

柵に引っかかったゴミを定期的に掃除する人が来たが、ときには人間が引っかかることもあった。飛びこみ自殺する人がいたのだ。お清めをして御幣《ごへい》が付けられると、ただでさえ怖い感じの場所がなおさら恐ろしげになったという。

「毒虫をも恐れず」と荷風は書いているが、こういう話を聞くと本当に恐ろしかったのは、穴が漂わせている陰気なパワーだったのではないかと思えてくる。草木に隠れて穴のありかは見えず、近寄ったときにはじめてあらわになる。目の前にぽっかりと開いた空洞は異界の入口のような禍々しい感じがしただろう。誘うような水音を聞いているうちに、思わず飛びこみたくなる人がいたのもうなずける。

ところで、荷風の文章にはひとつ気になる箇所がある。「大方御所から落ちて来るらしい水の流」という一節だ。もし御所の中から落ちているならば、そちらの方が土地が高いことになるが、本当だろうか。

谷の行き止まりには赤坂御所の鮫が橋門がある。塀に沿って道がついており、東に行けば四ツ谷駅方向に、西に行けば明治記念館に出るが、両方向とも上り坂である。北の方角には荷風が下りてきた坂があり、新宿通りの尾根にむかって高くなっている。もし御所のなかから水が流れてきたとすれば荒木町とおなじ問題が浮上してくる。八方ふさがりになり水が流れていかないのである。

地形図で確かめると谷は御用地のなかにもつづいていて、大きな池があり、複雑に入りくんだ谷が弁慶堀の低地に延び、鮫河橋と連続しているのがわかった。

ここに紀州徳川家の屋敷が造られたのは、荒木町とおなじく地形が魅力的だったからだろう。谷のかたちを活かせば変化のある庭ができる、というので赤坂方面につづいていた谷道を切断して屋敷地にしたのだ。明治以降はその敷地が御所に引き継がれていまに至り、地形の連続性は視界から消されたのだった。

鬱蒼とした緑に囲まれた御用地は台地の広がりを感じさせ、なかに谷が通っているとは思いもよらない。荷風もこの緑に惑わされて考えちがいをしたのだろうか。水は御所からではなく鮫河橋の谷から流れてきたもので、つまりは貧家の下水だった。ゴミだらけで不衛生だったのはまちがいなく、それをそのまま御所に流すのは恐れ多いというので、段差をつけて堰をもうけたのではないかと想像する。

「夜になったらきっと蛍《ほたる》が飛ぶにちがいない」と荷風は書いている。蛍は清流にしか棲まないので、下水の水では期待できないように思うが、どうだろう。いずれにせよ夏の夕方で黄昏は長く、暗くなるにはまだだいぶ間がある。確かめられなくて残念だなあと思いながら、荷風はもと来た道を新宿通りのほうへ帰っていったのだった。

鮫河橋谷間の図

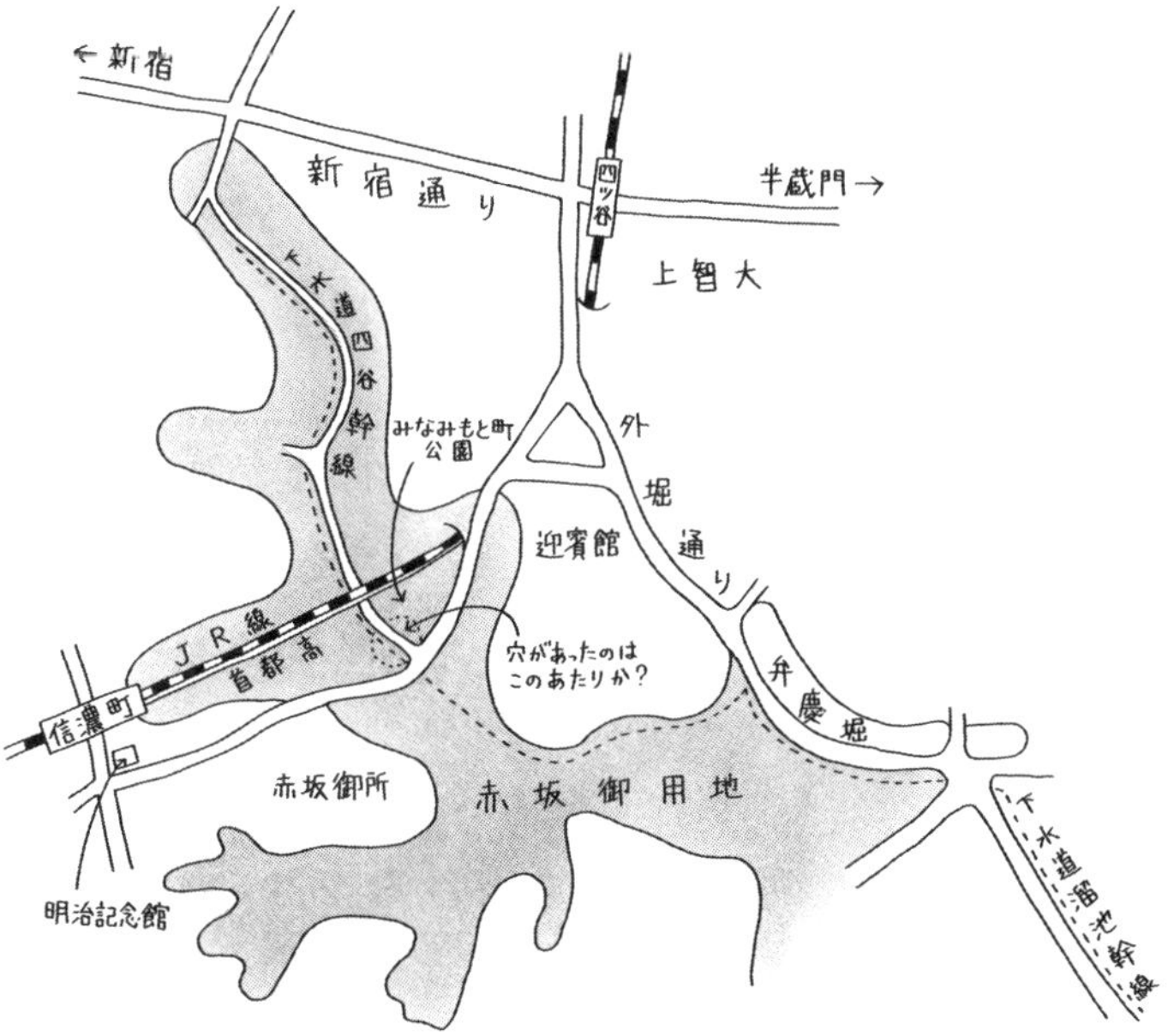

← 新宿
新宿通り
半蔵門 →
四ッ谷
上智大
下水道四谷幹線
みなみもと町
公園
外堀通り
迎賓館
JR線
首都高
穴があったのは
このあたりか?
弁慶堀
信濃町
赤坂御所
赤坂御用地
明治記念館
下水道溜池幹線

*

荷風が火避地の草むらに見つけた堰にせかれ水が流れ落ちていた深い穴は、その後どうなったのだろうか。

現在みなみもと町公園の一部になっているその場所は、平らに整地されたグラウンドがあるばかりで穴のあの字も見当たらない。草むらといっしょに消えてしまったのだろうか。いや、そうではない。巨大な池に姿を変えていまも地下に潜んでいるのである。

グラウンドの南端に、サッカーのシュート練習のためのぶ厚いコンクリートの壁がある。この壁の存在は知っていても、その裏側にあるものに気づいている人は少ないだろう。道路からも公園からも目立たない。

ある日、その壁でサッカーのシュートならぬテニスの壁打ちをしていたわたしは、凸凹の地面に弾かれ飛んでいったボールを追った先にそれを見つけた。車庫を思わせる建物が建っていてシャッターが下りている。これはいったい何だろう。

調べてみると、グラウンドの真下に雨水を溜める池があり、そこに下りていくための出入口だとわかった。そういえば、工事の告知板が交番の横に立っていたのを見たことがあったなあ、とおぼろげな記憶がよみがえった。

川や田畑や屋敷の庭がなくなり、かつては柔らかな地面に吸収されていた雨水は、いまや下水道にしか行き場がなくなった。下水道はしとしとと降る長雨には耐えられても、短時間に集中して降る雨には弱い。人間の胃や腸のように膨らんだり縮んだりはできないのだ。とくに昨今は局地的な集中豪雨が多く、浸水被害も増えている。

これに対処するために考えられたのが「雨水調整池」で、雨水を地下に一時プールし、雨が上がったら徐々に放つ、いうならば地下の堰き止めダムである。そのサイズはグラウンドの広さに匹敵する。つまりは地面の下にその大きさの空洞が開いているわけで、なんだか足元がおぼつかなくなるような感じだが、未知の世界がぱっくりと口を開いたようなおもしろさもあり、「毒虫をも恐れず」に草むらに分け入っていった荷風のように、わたしもその地下の池に下りていきたくなった。

雨水を溜めこむものなら、晴れた日ならばなかは空っぽのはずだ。見学させてもらえないだろうか、と東京都下水道局にお願いをすると、ありがたくも取材の許可が下りて穴のなかに下り立つことができた日のことは忘れられない。

池というのでプールのようなものを想像していたが、深いところでは六メートル近くもあるとてつもなく巨《おお》きな空間だった。天井のライトに照らされ、林立する柱から生まれた影が床に幾重にも重なりあっている。水はけをよくするためにつけられた底の傾斜も、異空間にいる感覚を強調し、シーンと静まり返ったなかに立っていると、地下神殿にいるような荘厳ささえ感じられた。

以前、テレビの取材のときに出演者のひとりが、こんな素敵な空間を放っておくのはもったいない、空いているときに芝居をしたらいいのに、と言ったという。口にこそ出さなかったが、実はわたしもおなじことを思ったのだった。ギリシャ悲劇などを演ったら似合いそうだと。

「とんでもないって言ったんですよ。そんなことしたら事故が起きないように見張っているのが大変です！」

案内の方は首を強く振った。たしかに入口の小さな暗い空間にどうやって大勢の人を入退場させるのか、それにそもそも上演中に豪雨が降りだしたらどうなるか、現実的に考えたら問題だらけの甘い思いつきだった。

雨が一定程度以上降ると、調整池に水が流れこむ仕組みになっているという。降っている間はどんどんそこに溜まっていき、止むと堰が開いて下水道に流れがもどっていく。

あとには落ち葉や割りばしや発泡スチロールが砕けた白い玉など、さまざまなゴミがヘドロとともに池全体に付着し、ぬるぬるになる。それを人の手で洗い落とすのが大変で、七、八人がかりで十時間くらいかかるという。その日もわたしが滑ったらいけないと事前に掃除してくださったそうで恐縮したのだった。

振り返ればあのころ、わたしは下水道が消えた川の再来のように思えて、それをたどるのに夢中になっていた。姿が見えないだけに想像力をかきたててやまない力が感じられ、とくにこの池は荷風の見た穴と位置が一致することに興味をそそられた。下水が流れ落ちていた穴がいまは巨大な雨の神殿となり、鶏を丸呑みする蛇のようにゆっくりと雨を消化しているのだ……。

おなじ場所に造られたのは偶然だろうか、それともここでなければならない理由があったのか。地上に出たときまぶしい日の光を瞼に感じながら、そのことをしきりと考えたのを憶えている。

＊

鮫河橋に下水ができたのは早く、昭和四年には谷を抜ける四谷幹線が完成している。分水嶺である新宿通りから少し南に下りたところを起点にして、谷を下って御用地に入り、弁慶堀にぶつかる手前で敷地を出て、地下鉄赤坂見附駅のそばで溜池幹線に合流する。

このルートにはよく考えると不可解な点がある。皇族の住まいが集まっている屋敷地のなかを下水幹線が通っているのだ。通常は公道の下に通される。工事のたびに地面を掘り返すので私邸のなかに通すことはあり得ないのだが、この四谷幹線は御用地の間を堂々と通過しているのである。下水道現況図を見る限り、このような例はほかには見当たらない。

上水道はポンプアップして配水されるので地形とは無関係だが、下水道は分水嶺を境にして高いほうから低いほうに流れるように設計されている。つまり下水道は地底を流れる川と言い換えることができるのだ。

下水道の普及が早まったのは東京オリンピックのときで、たくさんの細流が暗渠化されて下水に変わった。ところが、都心部ではもっと早い時期に着手されている。いちばん最初のものは明治十七年着工の神田下水で、その後も汚水処理場に近い場所から敷設され、徐々に内陸へと延びていった。

谷幅が狭くて洪水になりやすく、衛生的にも悪化していた鮫河橋では、下水道の敷設は急がれていたはずだが、問題は谷の先が御所で封じられていることだった。坂は上れないから、造るならばなかを通らせてもらうほかない。

一方、御用地内には、かなりむかしから私設の下水道が敷かれていた。できたのがいつかはわからないが、荒木町の松平家の屋敷のように、池の排水のために江戸期にその原型が造られたのかもしれない。明治・大正を通じて御用地の汚水はその下水道によって弁慶堀に排水されていた。昭和二年に溜池幹線が完成してからはそちらに接続され、弁慶堀の暗渠は役目を終えて閉じられたが、堀の縁にはいまもその跡が残っている。コンクリートの排水溝が水辺に突き出ている箇所があり、通るたびにこれがそれにちがいないと眺め入るのだ。

『東京市下水沿革誌』によれば、四谷幹線を通すに当たって御用地内のこの下水管が利用されたのだった。谷の奥の部分だけを工事し、すでにあった御所内の管につなげたわけだ。宮内省（現宮内庁）の許可を取るのに神経を使ったはずだが、こうして公共下水道のあいだに私設下水道が挟まった、キセルパイプのような一風変わった下水道が完成したのである。

戦前に敷かれた下水道は口径が小さい。下水の量がそれほどでもなかったころは細くても事足りたが、戦後、宅地化が進んで人口が増え、また地面もコンクリートに覆われて雨がしみ込みにくくなると入り切らなくなり、順次口径の太いものに取りかえられていった。

四谷幹線では御用地の手前までは取りかえ工事がおこなわれたが、御用地内は手つかずだった。皇室用地であるゆえに、公共下水道のようにすいすいとはいかなかったのだ。

手前が太くなっても、その先が細ければ下水がそこに滞留するので意味がない。苦肉の策として考えられたのが、御用地の手前に雨水を一時貯留する池を設けることだった。グラウンドの地下に雨水調整池が造られたのにはこうした経緯がある。

荷風が見た穴はゴミを取り除くためだったが、この地下池は下水を堰き止めるためだった。目的は異なるがおなじ位置にそれができたのはほかならぬ地形のためであり、谷が封じられた影響がいまに至るまで尾を引いているのである。

もしかしたら、鮫河橋が貧家の密集地帯になったのも、このことと無関係ではないのかもしれない。谷地に貧家が建てこむのは山の手の特徴だとしても、「東京三大貧民窟」に数えられるほどの規模になったのは、出口のないスリバチ状の空間に閉じこめられて貧困が濃さを増したからではないだろうか。

新宿通りを挟んでこの谷のちょうど反対側には荒木町の谷がある。松平摂津の守が堰を築いてその谷をスリバチにしたことはこれまで見てきたとおりだが、一方はそれがために歓楽街ができ、一方はそれが理由でスラムが生まれたことを思うと感慨深い。土地もまた人間とおなじようにある運命のもとに時を重ねているのだ。

東京の地表を一枚ずつはがしていけば、最後に行きつくのは地形である。その複雑な起伏の上に屋敷や道路や街区が重ねられ、現在の姿になった。時間と空間の層を縦割りにしてそれを実感していくと、街歩きはますます深みを増しておもしろくなる。

十

淫祠は呼んでいる

鮫河橋せきとめ神、中目黒の庚申塔、新富士跡

「裏町を行こう、横道を歩もう。かくの如《ごと》く私が好んで日和下駄《ひよりげた》をカラカラ鳴《なら》して行く裏通《うらどおり》にはきまって淫祠《いんし》がある」

『日和下駄』の第二章「淫祠」は、こんなふうに勇ましくはじまる。淫祠とは、神社のように立派な境内を構えずに、道路端にぽつんとあるお地蔵さまや小さな祠《ほこら》のこと。散歩好きは人の通らない裏道を歩いては、このような忘れ去られたものを見つけて頬をゆるめる。

その歩行はこそこそといわないまでも、堂々としたものにはなりにくいけれど、「淫祠」の書きだしには啖呵《たんか》を切るようなリズム感があり、裏通りを下駄を鳴らしながら歩く荷風の闊達《かったつ》な姿が浮かんでくる。

淫祠には「愚昧《ぐまい》なる民の心」が出ているところがいいと荷風は言う。たとえば、駒込の炮烙《ほうろく》地蔵では頭痛回復を祈願し、治れば炮烙をお地蔵さんの頭にのせる風習がある。その発想は荒唐無稽《むけい》で、無邪気さとばかばかしさが混交し、理屈にも議論にもならないが、よく考えるとその可笑《おか》しさのなかに「一種物哀れなような妙な心持のする処《ところ》がある」。

なにもかも西洋のものを良しとする風潮がまかり通り、都市の景観が欧風になっていくのを荷風は苦々しく思っていた。「他人の私行を新聞に投書して復讐を企《くわだ》て」る人や、「正義人道を名として金をゆすったり人を迫害したりする」人を彼は嫌った。安全な場所に居すわり自分の手を汚さずに人を陥れる輩を唾棄したのだった。

それに比べれば、淫祠はむかしからいまに至るまで政府の庇護を受けたことはなく、またそれを信じる「愚昧なる民」は新しい時代を生き抜く知恵や狡猾さももっていない。世を動かすような野心とは無縁なゆえに、荷風はひいきにしたのだった。

四谷鮫河橋にはそうした淫祠の代表、「せきとめ神」があった。いや、いまもJRのガードをくぐった左手に残っている。公園のフェンスを背にか細い鳥居が立ち、「鮫ヶ橋せきとめ神」という石碑が艶やかなツワブキの葉に縁どられて鎮座している。

鳥居をくぐるとなかはほんのりと暗く、狭いながらも表からは想像できない濃密な空気が漂っている。枝のまばらな杉の木が数本かこみ、大谷石の台座の上にはお神輿《みこし》くらいの大きさの社がでんとのっている。

隣の敷地にもうひとつ社があり、こちらは小さな石の淫祠が置かれているだけだが、さまざまな草木が植わり、ふたつを隔てる塀には鮫河橋の由来を書いた切り抜きや写真などを入れた扁額が掲げられている。なんの信心もないわたしのような者でも思わず手を打って頭を垂れたくなるような、無邪気で愛らしい祈りの場である。

ここを拝むと咳が止まるということから「せきとめ神」と呼ばれてきた。草ぼうぼうの火避地だったころ、ゴミを取り除くための堰のついた沈殿池の穴があったことは前に書いたが、そのすぐ横にこの社は立っていた。どうやら、「堰き止め」と「咳止め」をかけて咳に悩む人が拝むようになったらしい。

まわりには葦に交じって杉の木が生え、その枝には紅白の水引で白い紙が無数に結びつけられていた。紙には願い事と名前とともに賽銭がくるんであり、雨が降ったあとにそこに行って枝をぽんぽんとはたくと、濡れた紙が破けて二銭、三銭と落ちてくる。子供たちはそれを拾って飴などを買って食べるのを愉しみにしたと、近所のおばあさんに鮫河橋の穴の話を訊きにいったときに言っていた。水引をほどけばいつでも取れるのに、紙が濡れて地面に落ちるのを待つところが子供らしい。

おばあさんの話によれば、姑がひどい咳に苦しんでいたが、ここを拝んで治り、それから熱心に社の世話をするようになったという。入口にある「鮫ヶ橋せきとめ神」の石碑はその方が建立したもので、道路の拡張工事などのたびに社は移転を繰り返し、荒れ果てた時期もあったが、おばあさんの連れ合いが保存会を作り、役所に何度も足を運んでかけあい現在の場所を確保したという。

かつてせきとめ神は近所の人だけではなく、遠くからもお参りに来るほど知られていたようだが、『日和下駄』にはこの社の記述は見当たらない。穴を見つけた荷風はこちらには気づかなかったのだろうか。もし見つけていたなら、彼が気に入るのはまちがいないのだが——。

ここで咳止めのおまじないがおこなわれたのは、かなりむかしにさかのぼる。沈殿池ができてからではなく、それ以前からあった風習が引き継がれたようだ。淫祠の特徴はだれかが能書きを決めるのでも触れまわるのでもなく、自然にそのような信心が芽生え、引き継がれていくことだ。根拠のわからないまま広まっていくところに、伝言ゲームに似たおもしろさがある。

王子稲荷神社の本殿奥の本宮社には「御石様」という大石が座布団にのせて祀られている。言い伝えによれば、願い事をしてこの石に手をかけ、すっと持ちあがったら願いが叶い、重かったら叶わないそうで、そう言われれば試したくなり、わたしも願を掛けて持ちあげたことがあるが、存外軽いようにも、石なりの重さのようにも思えて判断がつかなかった。こういう優柔不断な態度では霊験は現れてくれないだろう。重いものを軽く感じる前向きの心に運は味方するのだ。

神社の方にいわれを伺うと、うちが言いだしたわけではありません、と力説された。いつの間にか石の重さでうらなうことが伝わり、広まったようである。淫祠を信仰する気持ちにはこうした見えない共同体の力が働いていることが多く、それはインターネットの現代でも変わらない。いや、むしろネットの力で広まりやすくなっているのかもしれない。

＊

ところで、鮫河橋の沈殿池で咳止めのまじないがはじまったのはいつごろだろうか。そのヒントは鮫河橋の地名の由来にありそうだ。

品川に鮫洲という場所があり、あちらは海に近いのでわかるが、東京湾から遠く離れた四谷の地に鮫のついた地名があるのは考えてみれば不思議である。ここが「東京三大貧民窟」のひとつに数えられたのも、地名のアウラが少しは影響したのではないかと思うほど、響きにも字面にもはっとさせるものがある。

江戸の町は埋め立てや開削などで人工的に造られた部分が多く、もとがどのような地勢だったかイメージしにくいが、想像力を駆使して現在の溜池まで入江が切れこんでいた光景を思い描いていただきたい。皇居の東側や南側はほとんど海で、有楽町や丸の内は入江を挟んだ対岸にあった。

この入江は日比谷入江といい、そこに注いでいた谷川のひとつを遡っていくと鮫河橋にたどり着いた。入江の縁を桜田通りあたりと見なすなら、三十分も歩けば海に出たわけで、谷間の住人が夕食のためにちょっと魚でも釣ってこようと思えば出かけられる距離だった。

これから先の由来話は眉につばをして聞いていただきたいのだが、あるときこの入江を泳いでいた鮫が谷の奥深くまで入ってきた。身動きがとれず、真水なので水も合わなくて苦しみ、咳をしたかどうかは知らないが、のたうちまわったあげくについに命が果ててしまった。

人々は鮫の霊を祀り、以来鮫ののぼってきた川は「さめ川」と呼ばれるようになり、その川に架かっている鮫河橋の名前が地名になった。この川は下流では荷風が「水」の項で「名のみ美しき溝渠《こうきょ》、もしくは下水」の例のひとつにあげている桜川と名を変え、虎ノ門から芝を経由して古川に注いでいた。

鮫河橋の名の由来はほかにもあるが、この伝説はいまはすっかり遠のいてしまった海の風景が浮かんでくるところがいい。島のように盛りあがった鮫のからだを囲んで、大きいねえ、かわいそうだね、などと騒いでいる人々の声が聞こえてくるようだ。

鮫河橋は小さな橋だったらしく、「かまぼこの板程あって鮫が橋」という江戸川柳が残っている。橋の小ささとかまぼこの材料が鮫なのを掛けている。またその橋のたもとで平癒の願掛けをする風習は江戸時代の地誌によく出てくるという。

願掛けの風習は、鮫河橋に限らずいろいろな橋でおこなわれていたようだ。川のむこうに渡してくれる橋に、むかしの人は頼もしいものを感じ、どこで祈ってもいいけれど橋のたもとなら叶いそうな、そんな楽観的な気持ちになったのかもしれない。

ほかにも、この谷で稲作をおこなっていたころに灌漑用水の堰でまじないをしたのがはじまりだとする説もあるが、いずれにせよ、鮫河橋の名はこの谷が日比谷入江を通じて太平洋につながっていたころの風景を思い起こさせる。

ある年の大晦日、現代に生きているわたしにもそれが実感できる出来事があった。四谷の自宅で大掃除をしていると、夜中の午前零時をまわったとき、東京湾に停泊していた船の霧笛が一斉に聞こえてきたのだ。大気中には音の道ができるというから、たぶん水の流れていた谷筋に沿って上がってきたのだろう。ボーボーと繰り返し鳴り響く祝賀の音に耳を澄ませながら、自分がどの時代にいるかを忘れた。鮫ののぼってきた川が時間の裂け目からよみがえってきたような心地がした。

＊

淫祠は表通りではなく、裏道にひっそりとあることが多い。しかもただの裏通りではなく、道が自然な感じにうねっている古い道によく見つかる。道は谷や崖や台地に沿って造られるのでおのずとカーブする。だから世界中どこでも、曲がりくねっているのは歴史のある道である。

ＪＲ恵比寿駅西口に降り立ち、駒沢通りに行きそうになるのをこらえて、その一本左手にある道を入っていった。居酒屋や飲食店がひしめくごちゃごちゃしたこの道は、いまでは駒沢通りに対する「裏通り」だが、かつては「ゆうてん寺道」という名の「表通り」であった。

前に来たときは恵比寿南三丁目の五叉路にかわいらしいお堂があり、道しるべの石碑に「ゆうてん寺道」の説明がされていたが、お堂ごとなくなっていた。あたり一帯に大きな建物を建築中で、看板によると住戸とホテルが合体した施設のようだ。あのお堂はどこかに移されたのだろうか。

ここから先は上り坂になる。中山勘右衛門の屋敷があったことから中山坂の名があるが、この長い坂をゆっくりと上っていくうちに、改めて納得したことがあった。恵比寿駅の北側には渋谷川が、東南には目黒川がほぼ並行して流れており、ふたつの川のあいだには尾根が通っているが、いままさにそこに登っていこうとしているのだ。峠を越えれば下り坂になり、目黒川の低地に出るにちがいない。

上りきると町の雰囲気が微妙に変化した。空が広くて遮るものがない。低層のマンションが多く、南向きの窓には光が降りそそぎ、風もよく通りそうだ。高台の土地が高級住宅地になる理由が図解されたような風景だな、と思いながら歩いていくと、青屋根の秀和恵比寿レジデンスを越えたところで、道が何かに突きあたって行き止まりになっているような気配が伝わってきた。

左手は新しいマンション、右手は結婚式場を兼ねたレストランで、そこの庭木が高く繁ってあたりを薄暗くしている。なにか歴史的な事情が潜んでいるような予感に、静かな興奮が押し寄せた。

道は途絶えてはおらず、三分の一ほどの幅に狭まって下りの階段につづいていた。その正面の崖下の窪みに石像が立っていた。「見ざる言わざる聞かざる」の三猿像の上に、恐ろしい形相の青面金剛《しょうめんこんごう》像が何本もの腕を振り上げ足を踏ん張って立っている。渋谷区や目黒区の路端でよく見かける庚申塔だった。

江戸時代、六十日ごとに巡ってくる庚申の日に夜通し宴会をする風習が農村部で流行った。中国の道教に由来する庚申信仰がもとになっているが、なぜ徹夜するかがおもしろくて、その日に眠ると、体内から抜けだした三尸《さんし》の虫が日頃の悪事を天帝に告げて、寿命が短くされるそうなのだ。

きっと本気で三尸の虫を恐れたというより、それを理由に集まるのが楽しかったのだろう。

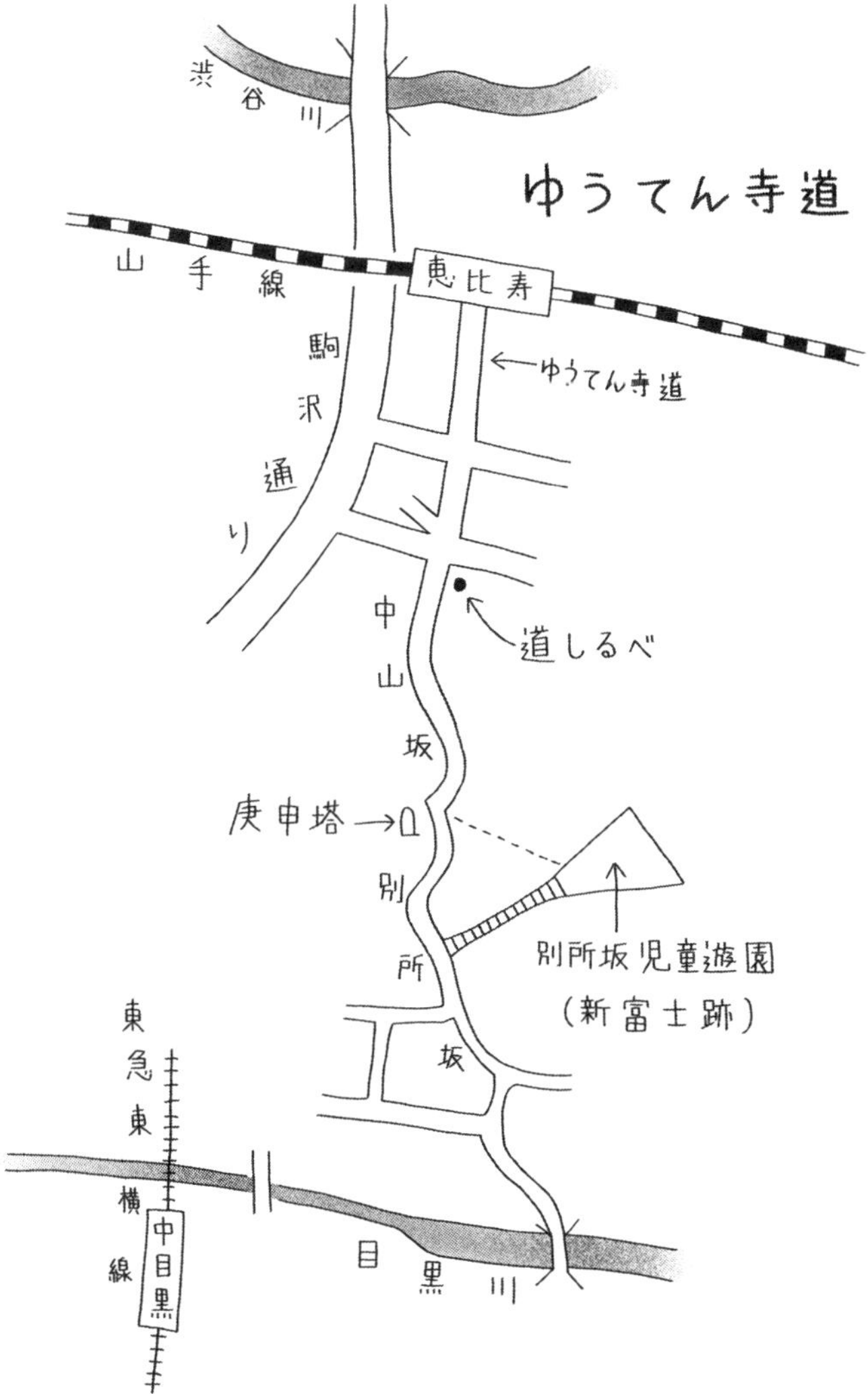
ゆうてん寺道
渋谷川
山手線
恵比寿
駒沢通り
ゆうてん寺道
中山坂
道しるべ
庚申塔
別所坂
別所坂児童遊園
(新富士跡)
坂
東急東横線
中目黒
目黒川

農業の情報交換もできたし、結束を強めるにも役立った。三年間十八回つづけておこなうと、その記念に庚申塔が建てられた。

ここにある五塔はそうやって三年ごとに増えていったもので、きっともともとはひなびたお堂に収められていたのだろう。

ここからは別所坂というくねくねした長い急坂が目黒川までつづく。なかなか風情のある道だ。さっき上ってきた中山坂は恵比寿駅に直結しているために拡幅されたが、こちらは中目黒駅から離れているのでいまも旧道の雰囲気を留めている。目黒から麻布を経て江戸市中に入る最短の道だったという。コンクリートで土留めされる前は崖の土がむきだしで、草木が覆いかぶさり、もっと情緒があってタイムトンネルふうだったにちがいない。

ここでは一気に坂を下りてしまう前に、ちょっと立ち寄っていただきたい場所がある。階段上の左手にあるマンションのフェンスに沿って遊歩道を入っていくと、視界がぱっと開けて、すばらしい眺望が広がるのである。

江戸時代、溶岩でミニチュアの富士山がここに築かれた。似たものが上目黒にもあったので、そちらを元富士、こちらを新富士と呼んだが、これも淫祠のひとつといえるだろう。富士山に登れない女性や子供に人気があり、江戸期にはここに詣でるのが大流行した。広重の『名所江戸百景』にはこの山のてっぺんから本物の富士山を望んでいる絵がある。

いまは富士山はなくて平らな公園になっているが、目黒方面を一望できる視界の広がりは爽快そのもので、しばしベンチに座って遠くに視線を投げかけていると、ビルのむこうから幻の富士山が浮かびあがってくるような心地がする。

十一

閑地と地面師

余丁町、曙橋、市ヶ谷監獄署跡

閑地《かんち》とは空いている土地のことである。空き地と言いかえてもいいが、やはり荷風が書いたように閑地とするほうが気分が出てよい。「空き地」が使ってないので空いているという人間の事情を伝えているとすれば、「閑地」は土地の気持ちでものを言っている節がある。何も建ってないから土地としてはやることがない。ヒマだなあというつぶやきが聞こえてきそうだ。

「閑地は元よりその時と場所とを限らず偶然に出来るもの故われわれは市内の如何《いか》なる処《ところ》に如何なる閑地があるかは地面師《じめんし》ならぬ限り予《あらかじ》めこれを知る事が出来ない」

実に言い得て妙である。閑地ほど散歩者を驚かせ、ため息をつかせるものはない。よく考えれば偶然にできるのではないけれど、いきなり出現するさまが偶然としか思えない。

地面師は土地売買で詐欺をおこなう者で、二〇一七年に五反田の一等地がだまし取られた事件で一躍知られるようになった。彼らは閑地情報が商売の種だから、詐欺に使えそうな土地はないかと鵜の目鷹の目で歩き回っている。

ふつうの人はそんな歩き方はしない。昨日までの風景が今日もつづいていると信じ、脈絡なく浮かんでくる思いのままのほほんと歩いていると、角を曲がった途端にあったはずのものがない。一瞬何が起きたのかわからず、ぎょっとなる。ものを噛んでいる途中で歯が抜けて、食べものと一緒に呑みこんでしまったような奇妙な感じだ。

建てるときはあんなに時間がかかるのに、更地になるのはあっという間で、しかもなにもなくなった土地は異様なほど小さく見える。背後の家の薄汚れた勝手口が露出したり、日陰で黴だらけだったビルの背中がまぶしい光に照らしだされたりと、秘匿していたものが暴かれたような異様さがそれに加わる。

しかしそれ以上の衝撃は高台に建っている建物が消えたときだろう。芝居の書き割りが取っ払われたように視界が広がり、ずっと遠くまで見渡せてしまう。こんな地形になっていたのか、と驚き、わかっていたつもりのことが単なる理屈のレベルにすぎなかったのを思い知らされる。むきだしになった凸凹には人を棒立ちにさせる迫力がある。

あるとき、JR田端駅前から動坂下にむかって住宅地をだらだらと歩いていた。夕暮れが間近く、ピンクがかった光が家々の壁を暖かな色に染めあげていた。南ヨーロッパの町を夕方に歩いていると、日中に暖められた石の建物からほのかな熱が伝わってくることがある。あのほわっとした空気を懐かしみつつ狭い通りを進んでいくと、目の前の風景が広角レンズで見るようにいきなり広がり、何も建物のない文字どおりの閑地に出たのである。

石の土台だけを残した更地のむこうには、おなじ背丈のビルが小さく建ち並んでいた。崖際にあった建物が取り払われ、はるか彼方の不忍通りの建物までがあらわになり、見通せたのだった。色もデザインも似通ったよくあるマンション群だったが、一瞬、ポンペイの遺跡に立っているような心地がしたものだ（次の見開きの写真をご参照ください）。

田園では、風景の変化は家や建物が増えて少しずつ進行していくが、都市のそれは何かが壊されたときに唐突に訪れる。すぐに新しい建物ができてつぎなる変化がつづくから、もっとも強烈なのは消えてなくなった瞬間なのだ。開腹手術のように見知らぬ風景がぱかっと口を開け、あっ、と驚くやいなやすぐに閉じて見えなくなる。都市の閑地にはすぐれた執刀医の手さばきに似た衝撃がある。

「およそ近世の文学に現れた荒廃の詩情を味《あじわ》おうとしたら埃及《エジプト》伊太利《イタリー》に赴《おもむ》かずとも現在の東京を歩むほど無残にも傷《いた》ましい思《おもい》をさせる処はあるまい」

子供のときからスクラップ&ビルドを見なれているわたしは、田端のポンペイ遺跡を見ても無残とも傷ましいとも思わない。だが、『日和下駄』が書かれたころはそうではなかった。江戸の町並みが急速に西洋的なものに取ってかわったのだから、嘆きたくもなっただろう。東京がはじめて体験した景観の劇的な変化だったのである。

＊

荷風は余丁町の自宅でその例を見ている。家の前にあった市ヶ谷監獄が移転になり、その跡地が大規模な新興住宅地になったのである。小さくはない体験だったはずで、明治期に書かれた短編「監獄署の裏」には、その様子が綴られている。

道を挟んで家のむかいにあった市ヶ谷監獄署は、往来を日陰にしてしまうほど高い土手に囲まれ、その上には「鼬《いたち》さえも潜《くぐ》れぬ」ほどの棘《とげ》の密生した茨《いばら》の垣根がつづき、土手の斜面には脱走を防ぐために「触《さわ》れば手足も脹《は》れ痛む」ほどの鬼薊《おにあざみ》が繁茂していた。有刺鉄線が出回る前は棘の付いた植物で周囲を囲っていたのである。

通りに沿って獄吏の官舎があり、長い板塀がつづいていた。暴風が来て板塀が吹き倒されると、囚人がそれを引きおこし修繕する作業にかりだされた。囚人は竹の皮の笠をかむり、襟に番号をつけた柿色の筒袖を着て、ふたりずつ鎖でつながれている。彼らが土手の薊を刈っているのを見ることもあり、通行人はそうした光景を、立ち止まっては気味悪そうな目つきで物めずら気に眺めたのだった。

『日和下駄』の「閑地」でも監獄署跡に触れている。

「わが住む家の門外にもこの両三年市ケ谷監獄署後《あと》の閑地がひろがっていたが、今年の春頃から死刑台の跡《あと》に観音ができあたりは日々《にちにち》町になって行く、遠からず芸者家《げいしゃや》が許可されるとかいう噂《うわさ》さえある」

「今年の春頃」というのは、『三田文学』で「日和下駄」の連載がはじまった時期から計算すると大正三年の春だ。つまり明治の終わりには茨の垣根も鬼薊の土手も消え、監獄署跡は更地となり、民間に払いさげられて市街地が拡大したのだった。

死刑台の跡に観音ができたとあるが、これはいまもあるのだろうか。よく歩いているエリアなのに見た記憶がなく、案外見落としているのかもしれないと、気持ちを新たに行ってみることにした。

都営地下鉄曙橋駅の前で靖国通りと分かれて西北の方角に上っていく道がある。余丁町通りといい、九〇年代に道路が拡幅されてすっかり大通りになったが、以前は半分くらいの道幅の庶民的な道だった。荷風の家はその坂を上りきった右手にあった。ということは監獄があったのは左手だろう、と道のそちら側を歩いていく。

間もなくして余丁町児童遊園というのが現れ、そこに漂う気配が気になり入っていくと、一段低くなったところにもうひとつ富久町児童遊園という公園があり、その一角に「東京監獄市ヶ谷刑務所　刑死者慰霊塔」と彫られた石碑が立っていた。昭和三十九年、日本弁護士連合会が建立とある。

そうか、このあたりが「監獄」のあった場所か、とさっきから肌を刺していた奇異な空気の謎が解けたような気がしてあたりを見まわすと、いまにも倒れそうな黒ずんだ木造の平屋が目に入った。縦横に張られた立入り禁止の黄色いテープがものものしく、となりにある閑地がその凄みに輪をかけている。土が露出するとふつうはいろんな雑草が交じって生えてくるが、そこには一種類の草だけが密生していた。よく見ると茎が長く色も変色しているがドクダミだった。地底から染みだしたものが草に変身して地上を覆っているかのようで、時間の裂け目に立たされたように全身がこわばった。

付近は狭い裏通りが交錯して風が通らず、日当たりもよくなく、地形的には高台の一等地なのに、谷間にいるような暗鬱とした空気がたれこめていた。観音を探したが見当たらなかった。もうなくなったのだろうか、と抜弁天《ぬけべんてん》まで取って返し、来たときとは反対の歩道をもどりはじめたとき、自分が大きな誤解をしていたのに気がついた。

目の前に「観音ビル」と書いた建物が現れたのである。「観音」の文字に目が釘付けになり、高まる興奮を抑えつつ周囲を見まわすと、まわりを植木で飾ったお堂があり、なかに体長十五センチほどの小さな観音像が祀られていた。

さっきは反対側の歩道を歩いていたのでわからなかった、というのは言い訳にすぎない。これまで何遍もこちら側を歩いていたのに少しも気がつかなかったのだから。道路が拡幅されると風景のスケールが変わり、眼差しも大雑把になり、細部を見落としがちになる。要するに何を見ていいかわからなくなり、大事なことが視界からこぼれる。

お堂の横に説明書が貼られていた。それを読んで市ヶ谷監獄の刑場があったのはここで、荷風の言っている観音が建てられたのもこの位置であるのがわかった。

それならば先の児童遊園にあった刑場跡の石碑は何だったのだろうと思い、帰宅して調べてみると、なんと刑場はふたつあったのである。ひとつは市ヶ谷監獄署に、もうひとつはそれと隣接していた東京監獄署のなかに。

両者はしばしばごっちゃにされている。東京監獄が途中から市ヶ谷刑務所と改名したために両方をひっくるめて「市ヶ谷監獄」、あるいは「市ヶ谷刑務所」といったりするので余計ややこしいが、ふたつは別の施設だった。

最初にできたのは市ヶ谷監獄署のほうなのでそこから話していくと、開署したのは明治八年、明治期を通して使用され、大正に変わるころに新しくできた豊多摩監獄（のちの中野刑務所）に順次移転した。

跡地は民間の土地会社に払い下げられ、宅地として分譲された。荷風が目にしたのはこの更地で、そこに家が建ち、店ができ、観音像が祀られていくのを外出のたびに目撃していたのだった。

初期のころは斬首刑だったので、刑場には生血が飛び散った。「毒婦」と呼ばれた高橋お伝はここで首を斬られたひとりだが、こういう凄惨な過去をもつ場所を住宅地として売り出すには禍々しさを帳消しにする大事業が必要だと土地会社が考えたのも当然だった。高村光雲に制作を依頼し、等身大の観音菩薩が建立された。

こうした努力があったものの一種の禁忌のエリアとみなされたのか、周囲には長いこと家が建たず、鬱蒼と木の茂った薄暗い場所だった。

昭和に入ってそこの道路側に八百屋が開店。観音の隣なので「観音八百屋」の名で商売をはじめた。ゴム紐付きの釣り銭かごが下がったそばでおじいさんが店番をしている、という由緒正しい八百屋の風景が近所の人々の記憶に残っている。

その後、八百屋は「スーパーカンノン」になり、現在はそれも閉店して営業していないが、わたしが最初に目を留めた「観音ビル」はその「観音八百屋」の持ちビルなのだった。一族はいまもその上に暮らしておられる。もしこれが「ニュー○○ビル」というようなカタカナ名だったら素通りしていただろうから、「観音」の文字が付いていたお陰である。

観音像は銅製だったため、ほかの多くの銅像とおなじく戦時中に兵器製造に供出された。いまある小さな石像は、戦後、疎開先からもどった台町商店街の人々が観音に代わるものを建てようと奔走して手に入れた中国の観音像である。

近年、道路の拡幅工事の際に沿道の商店は帯状に立ち退きになったが、さいわい「観音八百屋」の敷地は奥行きが深かったので前半分が削られたに留まった。そして観音ビルを新築した際に現在のお堂がその横に建てられたのである。いまも毎年四月には市谷台町町会の手でお祀りの行事がつづけられているという。

細部をほじっていくと表面からはうかがえないものがあらわになり、しかもそこにはわたしたちがイメージするメガロポリス東京からは遠く隔たった心性が透けて見えてくる。処刑場跡を供養する行事がいまもおこなわれているとは思いもよらなかった。そもそもそこに処刑場があったことすら知らず、いかにも東京らしい話だと感じた。

パリの中心部にある友人宅のそばには、かつて拷問がおこなわれた広場がある。通りにはその拷問の名がつけられているが、そこには霊を弔うお堂はなく、生々しい地名の由来などだれも気にかけていないように見える。

反対に東京では街の風景や町名はころころと変わるが、地霊に対しては深い畏怖を抱いている。この表層と深層の逆転が興味深い。人の心のなかに「伝説」を求める気持ちがある限り、表面をいくら造りかえてもその底にあるものは不死鳥のように幾度もよみがえってくるだろう。

荷風の口調には観音を揶揄するようなニュアンスがこもっているが、あのころから百年ほどたったのちも、その観音の末裔が住人に守られながらビルの谷間でひっそりと生きているのを知ったら、驚きつつも、これぞ淫祠の本領だと言ってにやっと笑うのではないか。

＊

「閑地」の話がいつの間にか「淫祠」に移ってしまった。荷風の家の前にあった市ヶ谷監獄に話をもどそう。正確にはどのあたりにあって、敷地の広さはどの程度だったのだろうか。

それを知るのはむずかしくない。現在の市谷台町の町域が丸ごと監獄があった場所なのだ。監獄が移転した後、跡地にこの町名がつけられ、新しい町として生まれ変わったのである。

改正前の名は「市谷谷町」で、谷から丘陵にかけて広範囲にわたっていたが、谷の部分はその名で残し（のちに住吉町と改称）、跡地だけを「市谷台町」と改称して監獄の記憶を断ち切ったわけである。

「台町」と名付けたのにはもっともな理由があった。坂下の谷は両側から丘が迫って谷幅がとても狭く、鮫河橋もそうだが、こうした地勢はスラムになりやすい。

先の「監獄署の裏」で荷風はその風景をやや誇張しつつ興奮気味に描写している。坂を下り尽くすと両側に駄菓子屋、荒物屋、煙草屋、八百屋、薪屋などいずれも見すぼらしい小売りの店が並び、土手下には貸し長屋が軒を重ねている。そこの女たちは側溝を流れてくる監獄署の囚人の使った風呂場の湯を便利がって洗濯に使う。魚屋のおやじは活きの悪い魚の腸《はらわた》を露店に並べてしわがれ声で怒鳴っている……。

これに監獄跡の出自が重なれば、住宅地として売り出すのに都合の悪いことこの上ない。何か買い手が飛びつくような町名を考えようというわけで、「市谷台町」にしたのだろう。いまではあまりそうは感じないが、「台町」の名には現代の「○○が丘」に匹敵する高級感があったにちがいないのだ。人はネーミングにだまされる。監獄跡を高級住宅地に変えるイメージ戦略はこの時代にすでにはじまっていたのである。

こうした環境の変化を荷風の側から考えてみると、実にいまいましい事態だったのが想像できる。

東京監獄・市ヶ谷監獄跡地

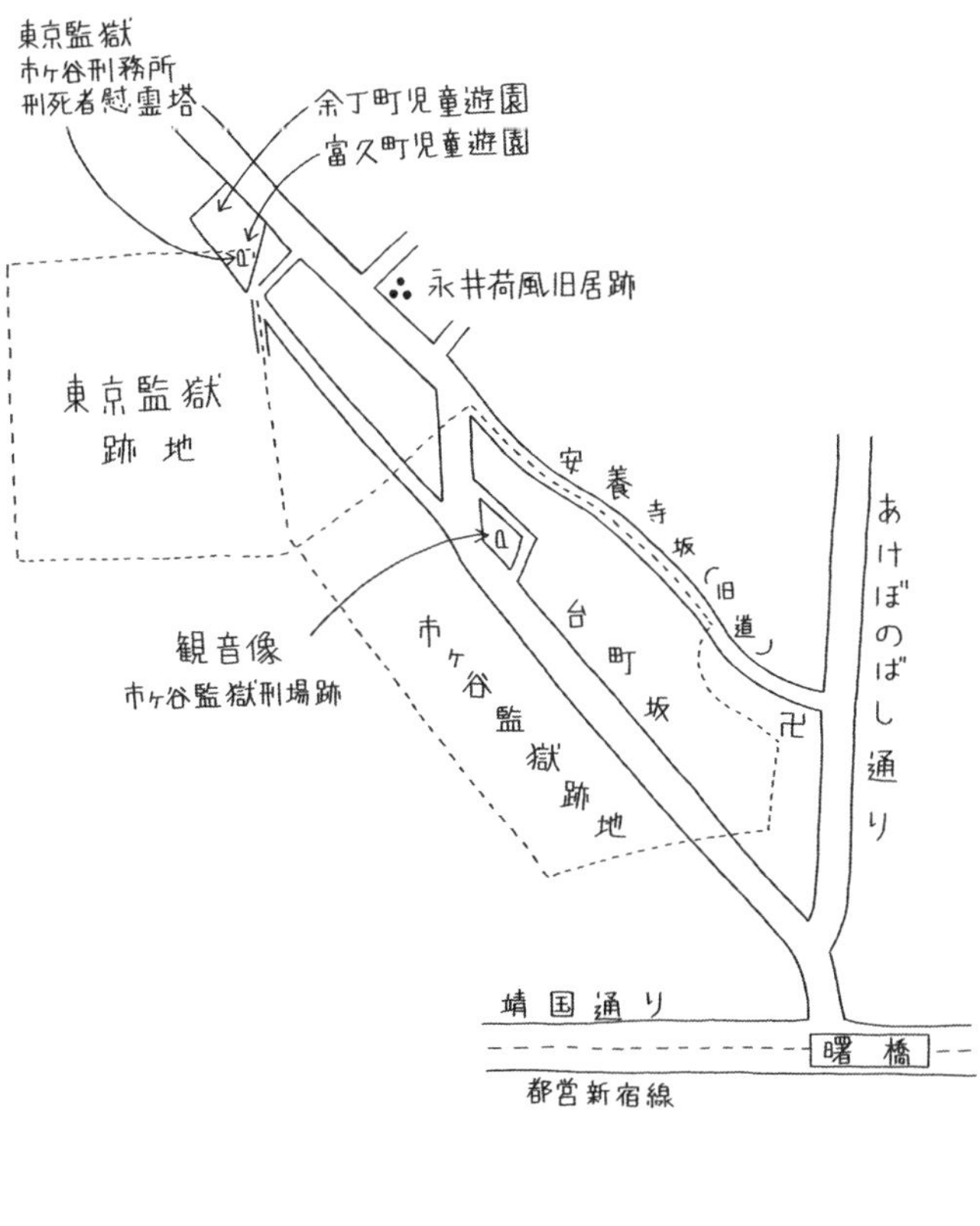

荷風の父久一郎が余丁町の屋敷を買ったのは明治三十五年、緑豊かな田園風景に惹かれて麹町から引っ越してきたのだった。

当時ここがどれほど田舎だったかは、土地の用途を克明に記した明治十六年の「五千分一東京図測量原図」を見るとわかる。監獄周辺は茶畑や桑畑に囲まれ、現靖国通り沿いは水田が多く、竹林や杉林もあり、その先の四谷四丁目坂下の低地にはレンコン畑があるなど、要するに農村地帯だった。

民家は現在のあけぼのばし通りと靖国通りの一部に見えるのみで、すぐそばの四谷が住宅地なのに比べると大きなちがいだった。監獄があったあいだはこの状態にさほど変化はなかったものと思われる。

ところが監獄署の移転とそれにつづく宅地造成によって田園風景は失われ、あたりは激変した。永井家としては相当に面食らったのではないだろうか。新開地は工事が頻発するし、人の出入りも激しく、すでに宅地化された町よりも気ぜわしくて落ち着かない。引っ越してきて十年もしないうちにこれほど騒々しい町になり果てようとは思わなかった、まずい買い物をした、と舌打ちしたかもしれない。

監獄の正門から獄舎にむかうメインストリートは、移転後、道路として利用され、坂上にまっすぐに延長路が敷かれた。これが現在の余丁町通りである。それまでは安養寺坂を通って迂回するしかなかったから、監獄跡のこの道は住人には都合がよかっただろう。荷風が四谷通り（現新宿通り）に出る時間も短縮されたはずだ。

だが、日々町になってゆくのに苛立っていた彼は、その道を便利に思うどころか、苦々しい思いで下りていったにちがいないのである。

＊

もう一方の東京監獄の話に移ろう。こちらの完成は明治三十六年、富久町と余丁町にまたがる市ヶ谷監獄の西隣の敷地に、未決囚を収容するいまにいう拘置所として建てられた。隣の茨と鬼薊を生やしたプリミティブな土手囲いとちがい、レンガ塀を巡らした欧風な獄舎だった。建設には囚人がかりだされたそうだが、荷風はそうした光景はほとんど目にしていないはずである。明治三十六年に渡米し、そこで四年を過ごしたのちにヨーロッパに渡り、帰国したのは明治四十一年だった。しばし日本を留守にしていたあいだに、新たな監獄ができあがっていたのである。

落成により市ヶ谷監獄に収容していた未決囚はこちらに移され、明治三十八年から処刑もここでおこなわれるようになった。

刑場は刑死者慰霊塔から数歩離れた滑り台のあたりにあったらしい。処刑者の数は二百九十名にのぼり、そのなかには大逆罪の名目で死刑台に送られた幸徳秋水ら十二名がいた。

短編「花火」にはこの事件に触れた箇所がある。

「明治四十四年慶應義塾に通勤する頃、わたしはその道すがら折々市ヶ谷の通で囚人馬車が五六臺《だい》も引續《つづ》いて日比谷の裁判所の方へ走って行くのを見た。わたしはこれ迄《まで》見聞した世上の事件の中で、この折程云《い》うに云はれない厭《いや》な心持のした事はなかった」

このあとに「以来わたしは自分の藝術《げいじゅつ》の品位を江戸戯作者のなした程度まで引下げるに如《し》くはないと思案した」とつづき、荷風の戯作者宣言として知られている。

文字通りに読めば、何も行動を起こさずに逮捕者の護送を路傍で見ている自分への羞恥から戯作者に身をやつしたとなるが、そのまま受けとるのはナイーブすぎる、荷風特有の自己韜晦《とうかい》だ、などと評論家のあいだでは意見が喧《かまびす》しい箇所でもある。

だがわたしにはそんな議論よりも、護送の現場を荷風が見ていたことに驚く。監獄署の近くに住むというのはそういうことなのだ。囚人の姿や護送の現場を日々目にせざるを得ないのである。

「市ヶ谷の通」とはいまの靖国通りのことで、そこを囚人馬車が何台も連なってのろのろと進んでいく。乗っているのが大逆事件の被告だとわかったのは沿道の人々が噂していたからだろうか。それとも公判がはじまった記事を翌朝読んでわかったのか。いや、あまりに異様な光景だったので見たとたんに「あれだ」と閃いたのではないだろうか。囚人馬車が何台もつづけて通ることなど、それまでにはなかったはずだから。

大逆事件は明治天皇の暗殺未遂事件をフレームアップして社会主義者を一網打尽にした、巧妙に仕組まれた事件だったが、判決から処刑までの期間が短かかったことも異例だった。未遂事件が信州で発覚したのが明治四十三年五月、すぐに全国で社会主義者の一斉検挙がおこなわれ、幸徳秋水らが首謀格として投獄された。最初の公判は十二月十日で、翌日の「東京日日新聞」は「有史以来の大公判」と報道した。

公判は何日間もつづき、師走のさなかに護送風景が繰り返された。「折々」とあるように荷風は一度ならずその場面に遭遇している。きっと大学の出勤時間と重なっていたのだろう。あっ、まただ、という感じで立ち止まり、それを見送る。車なら一瞬のことだが、馬車だからゆっくりで、しかもがらがらと陰鬱な音がする。朝から暗澹《あんたん》たる気持ちになり、胸にものがつかえたような息苦しさがその日いちにち続いたことだろう。

判決は翌年一月十八日で、二十六人の被告は八台の囚人馬車に分乗、二回に分けて運ばれた。東京監獄を出て、現靖国通りから濠端に出て四谷見附を左折、麹町六丁目を右に折れ、霞が関を経て大審院まで馬車で四十五分の行程だった。公判への世間の関心は高く、傍聴券を得るのに徹夜組が現れ、二十銭の傍聴券のプレミアムが一円にまではね上がったほどだった（絲屋寿雄『大逆事件』）。

処刑は六日後の二十四日、とこれも迅速だった。幸徳秋水を筆頭に午前八時六分から午後三時五十八分までのあいだに十一名が処刑、管野スガだけは翌朝執行された。

こうした事の顚末を、荷風は通りをひとつ隔てたおなじ町内の出来事として肌で受けとっていたのである。あの塀のなかでそのようなことがおこなわれている、いわれのない罪で殺されようとする人がいる、しかも彼らは自分とおなじ表現の道を歩む人々なのだ、と思うと虫酸が走るように気色が悪く、居ても立ってもいられないような胸苦しさを覚えたにちがいないのだ。

それを思えば「わたしはこれ迄見聞した世上の事件の中で、この折程云うに云はれない厭な心持のした事はなかった」というのは誇張でもなんでもなく、彼の全身に染みこんだ記憶が書かせた言葉のように感じられてならないのである。

池袋に新しい拘置所ができた昭和十二年、東京監獄は閉鎖され、明治・大正・昭和とつづいた「監獄の町」は終わった。跡地は国有地として長いこと放置され、手がつけられたのは戦後になってからだった。戦災者の住む場所が必要になって応急住宅が建てられたり、小石川から移転した小石川工業高校の校舎が建設されるなどした。

市ヶ谷監獄の跡地はすぐに民間の土地会社に払いさげられ、大きい区画で売りに出されたが、こちらは戦後の混乱期に場当たり的に町が造られたために、区画が小さく道が込みいっている。

監獄署の敷地の境界が斜めの道路として残り、直角に交わっていない道が多いことも混乱のもとで、歩いていると一瞬どの方向にむかっているかわからなくなる。堂々巡りしたあげくにおなじ場所に出てしまうことがよくあり、とくにあたりの様子が一変する夕暮れどきは、めまいに似た感覚に襲われるのだ。

土地利用の観点から言えば市ヶ谷監獄跡地は成功例だろうが、歴史を想像させるという意味では東京監獄跡地の方がはるかにおもしろいのである。

十二

誘惑する路地

四谷若葉、芝高輪、三田

坂、崖、川、曲がりくねった道、空地、街路樹、塀越しにのぞく庭木など散歩の愉しみを深めてくれるものはさまざまあるが、これがなくては散歩にならない、と思うのは路地である。歩いている最中にふいに路地が現れる。そのとたん、あらかじめ思い描いていた散歩の道筋は消し飛び、この道の導くところに付き従いたい、この先に待っているものにすべてを懸けてみたい、という気持ちが頭をもたげ、気がつけばもうそこに足を踏み出している。

だだっ広い道が碁盤目状に交差している町を歩いているときにはこういうことは起きない。そこでは身辺よりも空に視線がいき、雲のかたちに見とれたりする。一方狭い道の行き交う場所では自然と近くのものに目が注がれ、何かおもしろいものに出会えそうだと全身が期待するのだ。

道の先にぽっかりと空いた見えない穴ぼこのようなもの、それが路地であり、歩行の気分がそれによって一変するところに人生の出会いにも似た不思議さを感じる。

路地はそこに戸口をもっている人のための道、それぞれの部屋にたどり着くための空間である。本来は通り抜けるための道ではない。

入口に見えない門戸がついていて、住人以外は通り抜けお断り、のような雰囲気が立ちこめているのだが、その秘密めいたにおいがまたたまらない。通るなと諭されたら逆に通りたくなるあまのじゃく気分が刺激され、ミステリーのページを捲《めく》るようになかに入っていく。

反対にこうした散歩者の行動は路地の住人からはどう見えるのだろうか。

以前四谷三丁目の路地奥に暮らしていたことがあるので想像がつくが、用事のない人間が入ってくると簡単に見ぬけてしまうのである。地に足がついていないような歩き方になり、探しものをしているふうに視線が泳ぐのが常で、「わたしよそ者です」とその動作が雄弁に語ってしまうのだ。

するとこちらの心に奇妙な優越感が芽生える。ここはひとつにらみを利かせておかねばと、いささかイジワルな気持ちをこめて見つめ返すと、相手はますます縮こまり、道に落ちたレジ袋が風でひと吹きされるように、たちまちいなくなってしまうのである。

散歩者がここから学ぶべきことは、路地を歩くときはそこの空気と同化して透明人間になるように心がけることである。風通しよく歩き、住人が出てきてものれんに腕押しの感覚で視線を受け流す。これがうまくできれば効果はてきめんで、もうどこの路地も恐れずにすいすいと入っていける。路地は自分がどのくらい透明になっているかを計る測定器ともいえるのだ。

大きな通りに門を構えた家やマンションとちがい、路地には家内の事情や住人の暮らしぶりや趣味などが内臓のごとくにはみだしている。

ビニール傘、自転車のタイヤ、冷蔵庫のラック、スーパーのカート、もとは何だったかわからないような機械部品などが山積みされているのは、きまって路地の家である。主人は物を捨てられない性分で、家のなかはすでにほかの廃品で満杯、それが外部にも及んで家の胴回りを太らせている。いつか使えるときが来るはずだという「そのとき」は一向に訪れず、家も人も朽ちていく。

塀の下に水入りのペットボトルがずらりと並んでいるのも、よく出くわす光景である。思うに、路地には野良猫が棲みつきやすく、風が通り抜けないので彼らのおしっこやスプレーの臭いがこもって滞留するのだろう。辟易してペットボトルの要塞を建設するに至るのである。

だが、おなじボトルが小さな兵隊のごとく並んでいるのを見るとホラーな空気を感じてしまう。路地暮らしで鬱積したものを一本一本に込めて置いていく呪詛《じゅそ》のエネルギーに満ち、「ペットボトル教」という新興宗教の集会場にさまよいこんだような奇妙な感覚に、しばしその場を動けなくなるのだ。

路地には人の暮らしが透けて見える。気取ったり面目体裁を繕ったりする必要がないから人間の素地があらわになる。肩を寄せあって暮らしている相手にいまさら何を隠しだてしよう。パンツ一丁で鉢植えに水をやろうが、パジャマ姿でゴミ出ししようが、見るのはむこう三軒両隣の住人だけなのだ。

仲間と温泉宿に一泊した翌朝、朝食の席で感じとるのと似た空気が、路地には流れている。たった一晩で距離は一気に縮まり、もう隠してもしょうがないという諦観が生まれている。散歩のあとに帰り着くのは固い壁に囲まれたマンションで、そこに漂うのは前夜の気配の方だから、その落差が想像力をかきたててやまないのだ。

*

「路地はいかに精密なる東京市の地図にも決して明《あきらか》には描き出されていない。どこから這入《はい》って何処《どこ》へ抜けられるか、あるいは何処へも抜けられず行止《ゆきどま》りになっているものか否か、それはけだしその路地に住んで始めて判然するので、一度や二度通り抜けた位では容易に判明すべきものではない」

『日和下駄』の「路地」の項で荷風はこう書いている。なるほどそうだ。わたしが散歩に携帯する国土地理院の一万分の一地形図は、道路の幅も長さも正確に記した詳細な地図だが、それでも小さな路地は描かれていない。住宅地図にしてもおなじで、一軒、一軒の建物は載っているものの、路地までは網羅していなくて、すべての路地を記載した地図はこの世に存在しないと断言してもいい。

地球上には、まだ名づけられていない鳥や昆虫がたくさんいるのとおなじように、存在の知られていない路地が東京のいたるところに隠れているという事実にわたしの意欲はかきたてられる。すべてをこの目で確かめたいと思うと、いくら歩いても歩き足りない気がし、散歩を終えて帰路に着くときには、つぎはどこの町を歩こうという考えに早くも頭のなかがいっぱいになっているのだ。

わたしの住むマンションは崖を背にして建っており、屋上は尾根道に、一階は谷道に接している。屋上と道が地続きなためにそこにマンションが建っていることすらわかりにくいが、屋上の階段室のドアを開けて下りていけば各部屋に行き着き、そのまま一階下まで下りるともうひとつ出入口があり、隣の建物のあいだを抜けて谷道に出られるのだ。

谷道からはその通路が見えるが、マンションにもそれが通じているとはわからないし、ましてや建物のなかを通過して尾根道に抜けられるとは想像もできない。

一階を出たすぐのところには保育園があり、毎朝、そこに子供を連れていくのに屋上から入って通り抜けていく人がいる。大人の靴音とともに歩幅の小さな子供の足音がちょこまかと響くのが聞こえる。

高台の町は敷地の区画が大きいために横断する道が少なく、谷に下りるにはかなり迂回しなければならない。一、二分の差が貴重な朝の時間ならば近道を行きたいのは当然で、「通り抜けお断り」の注意書きにも構わず下りてくる。いや、反対にこのサインを見て利用を思いついたのかもしれない。「お断り」という言葉が、逆に通れることをばらしてしまっている。

わたしはこのルートを「究極の路地」と呼びたいと思う。路地の姿はとらずとも路地の役目を果たしている。

「路地に住んで始めて判然する」のが路地だと荷風の言う通り、わたしも引っ越してきてすぐはもっぱら屋上口のみを使っていた。四階なので下りていく必要がないため、一階からも出られるとは気づかなかったのである。

あるとき気まぐれに下りてみたところ、ほのかに明るくなった行く手に出口がぽっかりと開いたのにびっくりした。住宅が密集した出口の先には、屋上口の外に広がる高台の町とは明らかにちがう下町ふうの空気が漂っていた。どちらの口から出るかによって町の雰囲気が変わり、それがこちらの気分に影響するところが、さながらジキル博士とハイド氏の館のようだ。

路地は一瞥《いちべつ》しただけでは抜けられるかどうかわからない。とくに見落としがちなのは、毎日通っている道にある路地で、存在は知っていても、用がないから入ってはいかない。

ところが、酔っぱらって気が大きくなっている宵などに、ちょっと奥を確かめてみようと入っていくと、どんづまりだと思っていた先に道がつづいているのを知って、あっ、と声をあげることがある。あるいは短く見えた路地が意外にも奥行きが深く、山羊の腸のようにくねくねとつづいて、とんでもない場所につながっていることがあり、驚嘆する。

近所にそんな路地のひとつがある。ありかは明かさずに、鮫河橋のどこかとだけ言っておこう。谷道の裏手を、影のように追いながら細く長くつづいていくこの小路を発見したのは、住んでだいぶたってからだった。そのときの奇妙な感覚は忘れられない。リバーシブルのコートを裏返して着てみたところ、知らない模様に全身を包まれて足が地面を離れるようなそんな感覚だった。この町を知っているというのは思いちがいで、実はよその町のことだったのではないですか、と詰問されたら、はい、その通りです、と白状してしまいそうなほど、これまで積みあげてきた既知の事実が遠ざかっていったのだった。

路地は表通りとは切り離された、入ってみないとわからないことだらけの別世界であり、そこを歩くのは自ら進んで誘拐されるようなものである。

＊

荷風が『日和下駄』であげているのは下町の路地である。日本橋木原店《きはらだな》、吾妻橋から花川戸方向、八丁堀、両国広小路、日本橋横山町、新富座裏、葭町《よしちょう》（現人形町）など、いずれも川沿いや堀端、河岸近くの商業地にある路地で、自分の暮らす山の手にある路地はひとつも出てこない。

思うに、荷風にとって路地とは、芸者や芸人や遊芸の師匠らが行き交い、小さな店や問屋がひしめき、人と人が肩を寄せあい怒鳴りあって暮らす、そんな空間だったのだろう。そうでなければ路地とは感じられないほどに人のざわめきと結びついた場所だったのだ。

反対に、わたしが路地と聞いて思い浮かべるのは山の手の路地である。下町に暮らしたことがないことも理由だが、それだけではなく、現代の下町の路地に荷風が描いたころの風情を見出すのがむずかしいことが大きい。商店は減り、芸者町はすでになく、戸建てはビルやマンションに建てかわり、環境の変化が凄まじい。とくにひと気の途絶える週末は廃墟のようにひっそりして猫一匹通らない。

山の手の路地の数は下町以上に多く、かたちも長さも雰囲気も多様を極める。なぜそうなのかは、路地がどういう場所にできるかを考えてみなければならない。

まず思いつくのは旗竿《はたざお》地に通じる路地である。大きな屋敷地を分譲するとき、土地を手前と奥とに分けて売りに出すことがある。その際に「旗」に当たる奥の土地に行くための「竿」としての路地が必要となる。

荷風のいた余丁町はこの典型的な例で、旗竿地に至る路地がたくさんある。それに比べて宅地のむこう側につき抜けている道は極端に少ない。大きな敷地を細分して分譲したために短い袋小路ばかりになったのだ。


路地のできる場所としてもうひとつ思いつくのは、丘と谷の端境《はざかい》である。山の手に路地がたくさんあるのもこのことが大きく、旗竿地のそれよりずっと魅力に富んだ路地が見つかる。両側から崖が迫っている場所ほどその数は多く、道の左右にムカデの足のように無数の路地が延びている。

傾斜がゆるやかな台地では、段々畑のあぜ道のように上下に行き来するための路地ができる。行き止まりのように見えても、下につづいていることが多く、外見からは想像できない表情がその奥に隠されている。

先日、高輪を歩いていたら、こうしたスリリングな路地がつぎつぎと現れ興奮してしまった。高輪はお屋敷町で路地とは無縁というイメージがあるかもしれないが、とんでもない。路地度は高く、しかも風情のある路地に事欠かない。

人ひとりがようやく通れるほど狭い路地、踏み石が傾いていたり石のあいだから雑草が生えていたりする懐かしい路地、左右の壁が黒ずみ空気のひんやりしている路地など、こちらの想像を少しも裏切らない古風な正統派が、ここはどうだ、とばかりにつぎつぎと矢継ぎ早に登場するので足の動きが止まらなくなる。

高輪の町は第一京浜国道と桜田通りというふたつの谷道に挟まれた台地の上にあり、最寄り駅から離れた住宅地ほど風情ある路地が温存されている。地下鉄南北線が開通して以来、じわじわと開発の手が及んでいるものの、一歩奥に入ればまだ個人住宅や小ぶりの集合住宅が少なくない。とくに尾根道と桜田通りのあいだの北側の斜面には、不思議な路地が多く潜んでいる。

それらを夢中になって巡っていると、ふと荷風の語っていたことが思い出された。西洋まがいの建築物、ペンキ塗りの看板、痩せ衰えた並樹《なみき》、処《ところ》嫌わず無遠慮に突っ立っている電信柱とまた目まぐるしい電線の網目、と江戸市街の静寂の美を損なうものをあげつらって怒ったあげくに、荷風はこう言う。

「表通を歩いて絶えず感ずるこの不快と嫌悪の情とは一層《ひとしお》私をしてその陰にかくれた路地の光景に興味を持たせる最大の理由になるのである」

あれから百年近くたち、荷風のころとは比較にならないほど激変した風景のなかを、荷風とおなじ思いで歩いている自分が可笑しかった。わたしがいま興奮しているこの路地も、荷風が見たらなに言ってるんだ、と呆れて首を振るほど退屈なものかもしれないが、ほかの時代の人間が唾棄するような風景でもそれを見て育ったものには懐かしく、消えていくさなかとあればなおのこと哀惜を感じてしまう。人は自身の記憶を頼りに物を見ている。不動の価値を生きているわけではないのだ。

＊

高輪を訪ねたその日、まだあるだろうかと気になった路地を探してみた。

そこを見つけたのはもう十年以上前で、いまや再開発で消えていてもおかしくないと不安を覚えつつ行ってみると、意外にもまだ残っていたのである。尾根道を北品川の方に進んで行った右手で、新しいマンションが建って道幅が広くなっている。もとは半分のサイズで、不ぞろいな石段のあいだから雑草が生え、下りていった先に別の時代が待っているかのような不思議な感じがたまらない魅力だった。いまはそれより凡庸になっているものの、カーブの曲がり具合や間のびした石段の間隔などはむかしのままだった。

斜面の路地にはこのように意外性に富んだものが少なくない。なかでもおもしろいのは崖の上に建っている家から崖下の道に出るための路地である。敷地が広くて崖ぜんたいにまたがっている場合は谷の方から入ることもあり得るが、ふつうは尾根側が表で、背後に崖が控えているとは正面からはわからない。

先の石段を下りて谷道をしばらく進んでいくと、いま下りた高台にむかって細い階段が延びているのに行き当たった。大谷石の踏み石は傾き、その上に庇《ひさし》のように樹木がかぶさって薄暗い。もう使われてないようだった。行き止まりかもしれないし、意外な角度から住人が見ていて咎《とが》められそうな気もしたが、湧いてくる好奇心を抑えきれなかった。

滑りそうな表面に注意しつつ一段ずつ上っていくうちに、不安が消えて歓びが湧いてきた。塀の上から家々の裏側がのぞき見え、伸び出た庭木の枝が首元をくすぐり、いい花の香りも漂ってくる。うしろを振り返ってシャッターを切ったり、空を仰いで深呼吸しながら、この時間が永遠につづいて欲しいと願った。これほど凝縮感のある空間はめったに巡りあわないような気がした。

上りきったところには家々の勝手口につながる通路があり、さっきの尾根道へと抜けられた。落ち葉が降り積もるにまかせたこの路地を、酒屋が重いビールのケースを肩に担いで上っていった時代があったのだろう。大通りの商店に買い物に行ったり、バス通りに出たりするのにも便利しただろうし、子供たちはじゃんけんしながら、チヨコレイト、パイナツプル、グリコと切れ切れに叫んで階段を登っていくあの遊びをしたかもしれない。

いまは通る人もなくひっそりと朽ちていくのを待っているが、それでもこの世に存在していればさまざまな暮らしの光景を思い起こさせてくれる。残っているというのはそれだけでありがたいことだ。

尾根道を三田の方角に進んでいった。この道は江戸以前からある旧中原街道のルートで、前からその雰囲気が気になっていた。狭い道の両側に個人商店が並んでいるためか、むかしの街道を歩いているような気持ちがする。

左右から谷が迫り、馬の背のように細くなった尾根の西側斜面には、この日のもうひとつの収穫があった。旧高輪消防署の交差路から天神坂との区間に、細くて曲がりくねったおもしろい細道がたくさん見つかったのである。

はじめはまったく気づかなかった。住人はどうやって表通りに出るのだろう、と首を傾げるくらいに尾根道と住宅地をつなぐ横道がない。天神坂の手前でようやく一本見つけて入ってい

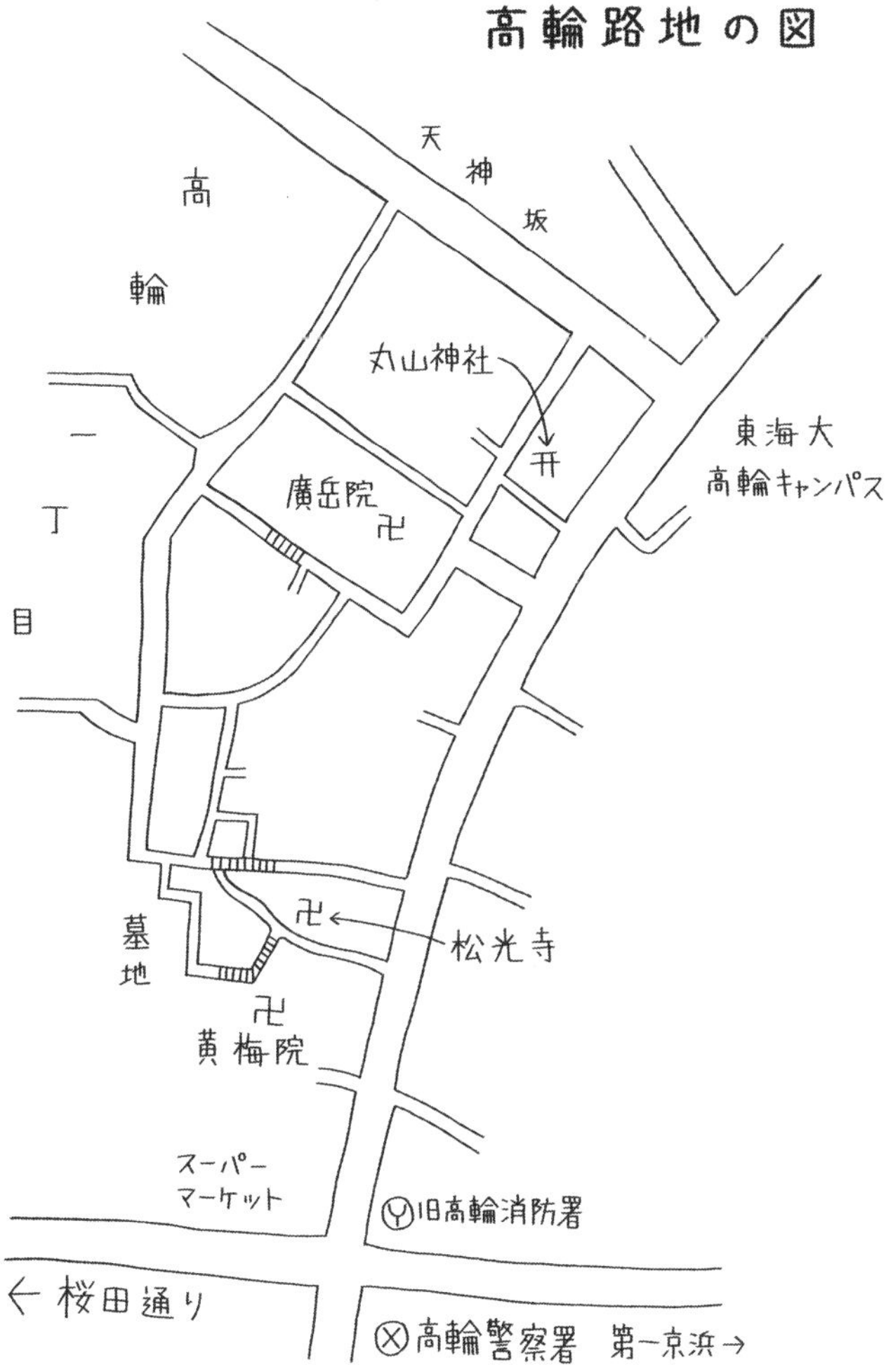
高輪路地の図
天神坂
高輪一丁目
丸山神社
東海大
高輪キャンパス
廣岳院
松光寺
墓地
黄梅院
スーパーマーケット
旧高輪消防署
← 桜田通り
高輪警察署
第一京浜 →

くと、廣岳院《こうがくいん》という寺が正面に現れた。そこで行き止まりだろうと高を括っていたら、あにはからんや左につづき、道なりに進んで行った先には表通りからはわからない複雑な路地がつぎつぎとあらわになった。階段になっていたり、墓地を抜けていたり、塀のない家の前を通ったり、さながら迷路ゲームのような愉しさだった。

廣岳院前のこの道以外にも、尾根に出られる道が二本あることがあとからわかった。それらは路地の方から表通りに出たときはじめて存在が知れたほど細くて頼りない道で、表通りからはとても道には見えなかった。

こうした路地をたどり歩くときに、からだの奥からふつふつと湧いてくる興奮の成分とはいったい何なのだろうか。歩いているというより、歩かされているのに近く、道の意志に導かれて自分の意志が煙のように体外に出ていく。

「路地は細く短しといえども趣味と変化に富むことあたかも長編の小説の如し」と荷風も書いているように、路地の一キロと表通りの一キロとでは、距離はおなじでも時間感覚は大いに異なる。とても長い感じがし、あとで地図を見たとき、その意外な短かさにがっかりするほどだ。

路地ではつぎの角にどんな光景が待っているだろう、と自分でも気づかぬうちに想像をはせている。事実はたいがいそれを裏切ってくれるので、はっとなってまた新たな空想に励むのである。

つまり想像を刺激する要素が盛りだくさんで、しかも想像の時間とその事実が明るみに出るまでのスパンが短いゆえに、まさにめくるめくように時間が過ぎていく。いろんなことのあった日を長く感じるのとおなじ原理で、路地を歩くととても長い旅をしたような気がするのである。

十三

ふいに現れる寺

小石川伝通院、沢蔵司稲荷

東京はビルばかりのようだが、寺の集まる町が結構あって、思いつくままあげても、上野、谷中、浅草、下谷、小石川、牛込、四谷、芝高輪などかなりの数にのぼる。散歩中にそうした町に出くわすと、どこか別の場所に連れてこられたような奇妙な心地のすることがある。まさか、という場所に寺が現れ、不意打ちをくらうのである。

もし東京に散在する神社仏閣をひとつの区にでも集めたら、京都に近い町ができあがるだろう。いや、そうすれば統一はとれても退屈するだろうことは、京都で寺巡りをすると一日で満腹することからわかる。東京の寺は目立たないところがよさなのだ。コンクリートの角ばった建物ばかりを追っていた目の先に、ゆったりした勾配の伽藍《がらん》がふっと現れるその思いがけなさに、足の疲れはいやされ、歩く意欲が回復する。

着いてみればどうということのないただの寺で、特別な感慨の湧かないことも多い。姿を見つけたときこそが歓びの絶頂で、それを凌ぐものはあとにはつづかず、ゆるゆると下降線をたどるが、それでも再び寺らしきものを認めればおなじように足が速まるのは、わたしが散歩の書き割りとして寺を求めているからだろう。

「京都鎌倉あたりの名高い寺々を見物するのとは異《ことな》って、東京市中に散在したつまらない寺にはまた別種の興味がある。これは単独に寺の建築やその歴史から感ずる興味ではなく、いわば小説の叙景もしくは芝居の道具立《どうぐだて》を見るような興味に似ている」

街を背景として眺めて心のうちで物語を醸成させていくところが、荷風をいま読んでも古く感じさせない理由なのかしれない。散策の途上でもう創作がはじまっているのだ。

小石川に生を受けた荷風がもっとも親しんだのは伝通院だった。短編「伝通院」のなかでこう書いている。

「私の生れた小石川をば（少くとも私の心だけには）あくまで小石川らしく思わせ、他の町からこの一区域を差別させるものはあの伝通院《でんずういん》である。滅びた江戸時代には芝の増上寺《ぞうじょうじ》、上野の寛永寺《かんえいじ》と相対して大江戸の三霊山と仰がれたあの伝通院である」

あの伝通院、あの伝通院とつづけていく彼の口調にはいつもの皮肉はかけらもなく、思いのたけが素直に打ち明けられている。増上寺や寛永寺はすぐに思い浮かんでも、伝通院には荷風を読むまで行ったことがなく、東京生まれの両親の口にもその名がのぼった記憶はない。交通の便があまりよくないせいだろうか。地下鉄後楽園駅と茗荷谷駅との中間にあってどちらからも遠く、増上寺や寛永寺が下町の繁華街にあるのに対し、こちらは山の手の住宅街にあって存在がわかりにくいためだろうか。

そこで伝通院の界隈を日を変えて繰り返し歩いてみたのだが、深く納得したのは非常に特殊な地形の上に建っていることだった。直角にちかい角度で折れた神田川の大曲《おおまがり》から安藤坂の長い道を台地のてっぺんにまっすぐに上りつめると、そのどんづまりに山門がある。寺の裏手は険しい崖で背後がなく、背水の陣のような感じで屹立《きつりつ》している。簡単には人を寄せつけない張りつめた気配を漂わせ、孤高の雰囲気がある。この地形的特徴が親しみやすさを遠ざけているのかもしれない。

東京ドームのほうから富坂を経由しても行けるが、劇的な対面を望むなら安藤坂のほうから行くのをおすすめする。車の通りの激しい日中ではなく、夕闇の迫るころならばなおふさわしい。

ある正月の夜、上野からタクシーで帰宅する途中、坂を下りはじめて安藤坂だと気づいてうしろを振り返ると、山門が目に入った。周囲は新年の闇に包まれ、ライトアップされた門のところだけが静寂のなかに燦然《さんぜん》と輝いていた。「日本の神社と寺院とはその建築と地勢と樹木との寔《まこと》に複雑なる綜合美術である」と荷風の書いたとおりの風景がそこにあり、またたく間に小さくなっていく姿を感慨深く見送ったのだった。

伝通院まで来たならすぐそばにある荷風の生地にも足を延ばしてみなければもったいない。立て札がぽつんとあるだけで、特別なものが残っているわけではないが、あたりの地形が特異で、それを感じるためだけにも行ってみる価値はある。

＊

安藤坂の春日通りから数えて二本目の道を右に入る。大通りから見ればどうということのない平凡な道だが、奥に進んで鉤の手状の角を曲がると印象ががらりと変わり、神田川に下る南向きの斜面の明るさに包まれる。

南側に建っている昭和モダニズムを絵に描いたような造りのマンションは、作家の川口松太郎が建てた高級マンションのはしりの「川口アパートメント」で、そこの鷹揚な雰囲気が北側の高台に建っている庭付きの屋敷とよくマッチし、むかしの住宅街らしい雰囲気を盛りあげている。もしこれが小さな建売り住宅の行列ならばちがって感じられるはずで、この一角に漂うわずかな残り香が荷風のころを想像してみようという意欲をかきたてる。

永井家の屋敷は、「永井荷風生育地」の立て札のある角から道を隔てた西側の斜面にあった。

敷地は金剛寺坂のほうまでつづく広大なものだったが、もとからその広さだったわけではない。「狐」という短編に「私の父は三軒ほどを一まとめに買い占め古びた庭園や木立をそのままに広い邸宅《やしき》を新築した」とあるように、別々だった屋敷地をつなげてその広さにしたのだった。アメリカに留学経験のある明治のエリート官僚だった父久一郎にとって、三軒分の屋敷を買うのに苦労はなかった。

庭に狐が出て、飼っている鶏を襲ったことに父が腹を立て、書生とともに退治する、というのが「狐」のあらすじだが、読みどころは父の権威主義と重ねられた屋敷の地形にある。

その場所に行くとわかるが、敷地は単に南にむかって傾斜しているだけでなく、西の方向も低く、布を広げて北東の角をつまみ上げて垂らしたような地形になっている。

北の高台の端に家があり、庭は上庭、中庭、下庭と三段に区切られ、石段で結ばれていた。もとはそれぞれの敷地に家が建っていたのを、建物だけ取っ払い、段差はならさずにそのまま残してひな壇のような庭にしたのだった。

いちばん低いところにある下庭は、庭とは呼べないような手が施されていない奥深い木立で、前の住人の掘った古井戸がふたつあった。ひとつは永井家で埋めたが、大雨が降ると「一尺も二尺も凹《へこ》む」ほど地盤がゆるく、危ないのでそこには近づかないように両親に厳しく言われていた。もうひとつは深すぎてそのまま残され、下庭一帯の陰気な空気を一層薄気味悪くし、家中のものに恐れられていた。

なぜ父はそのような使いものにならない暗い崖下の土地までも買い占めたのだろうか。母がその理由を聞くと、そこに貸長屋が建って洗濯物でも干されたら目障りだから、買うだけ買って放っておけばよい、と父は答えた。

屋敷の南側は低地で、貧家が建てこんでおり、あれが取り払いになってくれれば、と父は絶えず憎んでいたという。それがいまいましくて先手を打ったつもりなのだろうが、いかにも人生の表街道を歩んできた人物らしい発想のように感じる。

土地の高低差が階層の差になって現れる山の手では、高台からはすばらしい眺めとともに必ず崖下にひしめく貧家が見えた。このあとに父が買った余丁町の屋敷でも、荷風の建てた麻布の偏奇館でも事情は似ており、眺望を求めればブリキ屋根の連なりとは縁が切れないのは宿命だった。

父はそうした貧家の光景を嫌ったが、荷風は買い物のついでに鮫河橋の谷に下りていったように、避けるどころか好んで足を向けたのだった。

物めずらしさや好奇心もあったはずだが、それだけでなく、父の望む生き方のできなかった彼のなかには複雑な感情がたえず隆起を繰り返していたのだろう。地形をなぞり歩くうちに心の凸凹が縫いあわされ、穏やかになっていくのを、市中の散策を通じて体得したのだった。

＊

それにしても小石川に狐が出たという話は衝撃的である。荷風の生まれたころだから明治十年代とはいえ、田園地帯でもないのに狐が棲んでいたという事実に地面がパカッと割れたような驚きを覚える。狐は崖に横穴を掘って暮らす習性があるというから、鬱蒼とした木立で人がほとんど足を踏みいれなかった永井家の下庭は、狐にはうってつけの場所だったのだろう。

狐の発見に家内は色めき立ち、書生の田崎は御主人さまのために手柄を立てるいい機会とばかりに力みかえる。反対に御飯焚《ごはんたき》のお悦や乳母はお狐さまを殺すのはお家のためによくないと眉をひそめ、「狐つきや狐の祟《たた》り、又《また》狐の人を化《ばか》す事、伝通院裏の沢蔵《たくぞう》稲荷の霊験」などを小さな「私」にこまごまと話して聞かせるのだ。

ここで目に留めたいのは「伝通院裏の沢蔵稲荷」という箇所である。伝通院の横の慈眼院《じげんいん》という寺のなかにあるその稲荷についてはほかの作品でも触れられており、荷風にとって生地を思い出すときにきまって浮かんでくる場所だったのがわかる。

わたしがそこを知ったのはお稲荷さんの狐を撮り歩いていた二十年以上前のことだが、忘れ

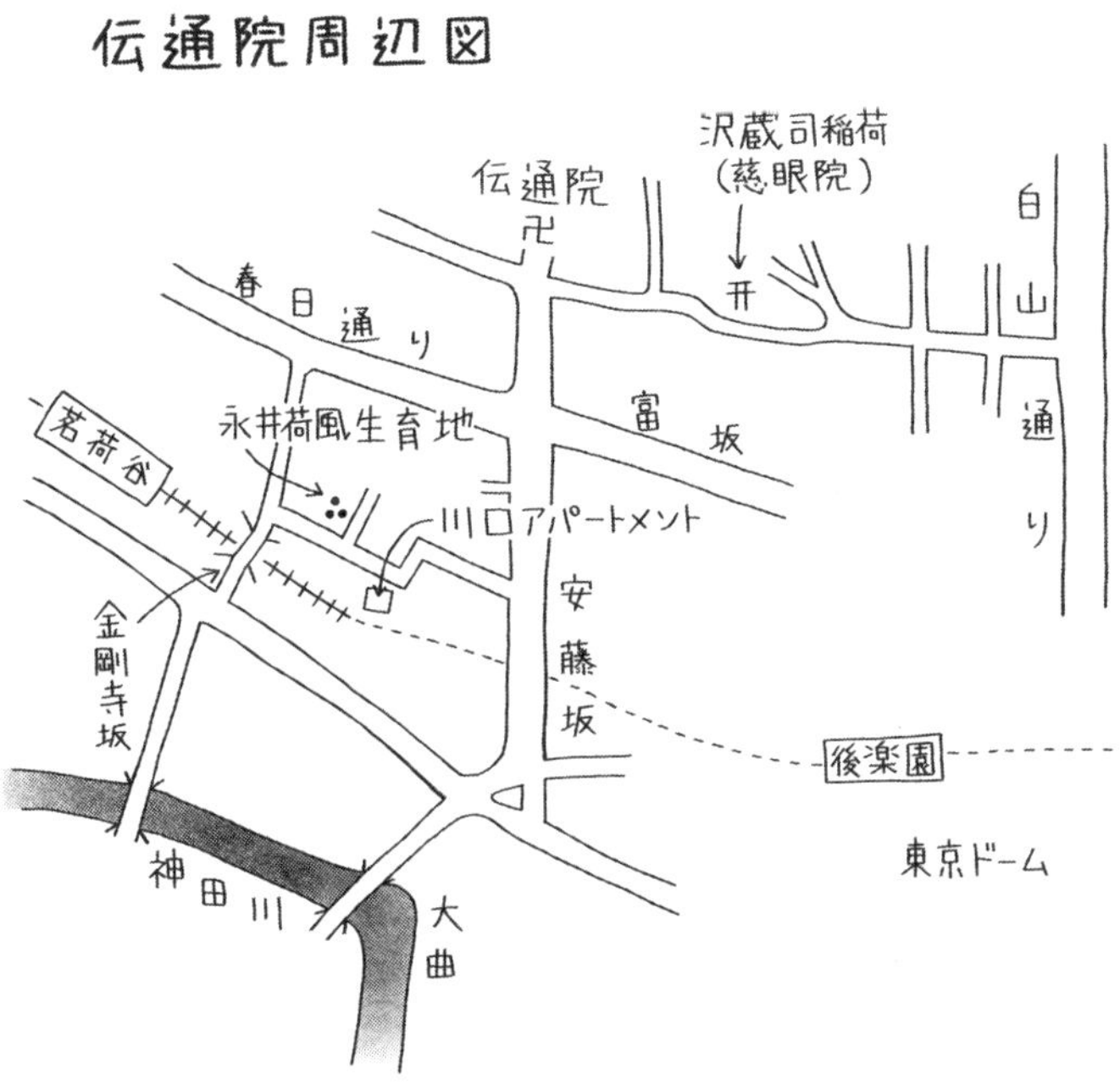
伝通院周辺図
沢蔵司稲荷
(慈眼院)
伝通院
白山通り
春日通り
富坂
茗荷谷
永井荷風生育地
川口アパートメント
安藤坂
金剛寺坂
後楽園
東京ドーム
神田川
大曲

もしない強烈な印象だった。小石川の真ん中にいきなり時間の断層が現れ江戸のころに連れていかれたようで、もたもたしていたらその口が閉じて現代に帰れなくなるのでは、と不安になったほどだった。

安藤坂をもどり伝通院の表門前を右に折れて、沢蔵稲荷（いまは沢蔵司《たくぞうす》稲荷と書くことが多い）を目指した。この通りには幸田露伴が暮らしていたことがあり、彼が家の窓から望めた椋《むく》の老樹がいまも道の真ん中に残っている。

やがて石段の上に慈眼院の山門が現れた。あのころからだいぶたっているので様子が変わっているかもしれない、と落胆の心を用意しつつ進んでいく。日暮れの間近い初夏の日で、新緑の葉が重なりあって境内は青く染まっていた。本殿の右を進み、鳥居をくぐり石段を下りていくにつれて空気がひんやりし、樹木の数も増えて光が届かなくなった。ぼおっとした暗さのなかに紅い鳥居が浮かび、霊気の充ちる異界が口を開けた。

崖に囲まれた窪地の一遇に、小さな祠がまつられていた。おびただしい数の瀬戸物の狐が並んでいる。鳥居は祠の上の小高い山にもつづいており、そこにも祠があって迫りくる夕闇のなかで濃密な空気が肌を包んだ。以前と少しも変わっていない。複雑な起伏と生い茂る樹木が生み出す、深山幽谷と見まごうような奥行きもそのままだ。陶然となるうちに伝通院で感じた台地の光は潮が引くように遠ざかっていった。

荷風の家の庭の崖下もここに近い雰囲気だったのではないか。台地ががくっと落ちこんだ下に広がる暗く湿った空間。あそこに狐がいたように、この窪みのなかにも狐が棲んでいたのだろう。

狐はお稲荷さんのお遣いであり祭神ではない、と稲荷関係者は主張する。だが、庶民にとってはどうだろう。祈って願いが聞き届けられれば、神でもお遣いでもかまわないのではないか。

狐には人と会ってもすぐに逃げずに目を見交わすところがあるそうで、そんなところにむかしの人はなにかを告げようとしている気配を感じとったのかもしれない。穴に出入りする狐は霊界との伝達者のように感じられ、祠を建てて好物の油揚げをお供えしたのだった。

起伏が複雑で窪みの多い江戸は狐にとっては棲みやすく、お供えも多くて食べ物にも困らない快適な環境だったろう。狐穴と人家の距離はわたしたちが思う以上に接近していたにちがいないのである。「伊勢屋、稲荷に、犬の糞」といわれるほど江戸の町には稲荷がたくさんあったが、狐と地形のかかわり深さを考えれば納得がいくのである。

＊

荷風の家の狐穴を突きとめたのは鳶《とび》の頭《かしら》清五郎だった。雪の日に雪見舞いにやってきた彼は、狐が飼っていた鶏を食べてしまったのを聞いてこう言う。

「御維新此方《このかた》ァ物騒でがすよ。お稲荷様も御扶持放《ごふちばな》れで、油揚の臭《におい》もかげねえもんだからお屋敷に迷込《まよい》んだんだ」

このお稲荷様とは沢蔵司稲荷にまちがいない。清五郎のなかでは生きた狐も稲荷の狐もいっしょくたになっている。むかしはそこのお供えに油揚げがたくさんあがっていたので狐はそれをもらって生きていたけれど、維新後はお供えする人も減ってひもじくなってこちらに引っ越してきたという彼の落語じみた解釈は、この稲荷がどれほど人々に親しまれていたかを物語っている。近所の人にとって、稲荷といえばまっさきに思い浮かぶのはこの沢蔵司稲荷だったのだ。

沢蔵司稲荷には以下のような縁起が伝わっている。むかし沢蔵司という修行僧が浄土宗を学びたいと伝通院にやってきた。非常な秀才で三年あまりで浄土宗の奥義を修めたが、ある夜、伝通院の学寮長の夢枕に彼が立ち、自分は稲荷大明神の化身だが希望が達せられて満足した、恩に報いてこれから伝通院を守護しようと告げる。これは大事にせねばと境内に稲荷をまつり、慈眼院を別当寺としたというのである。

どこか漫画チックな感じのする伝説である。そもそも稲荷神が伝通院に勉強にきたというのが可笑《おか》しい。どうして稲荷の神さまが浄土宗を学ばなければならないのだろう。しかも勉学に満足したからあなた方をお守りしましょう、と提案するというところが紳士協定めいている。以下はわたしの勝手な想像として聞いていただきたい。

もともとあの崖のところには狐の巣穴があり、小さな祠がまつられていたが、伝通院の力が拡大するにつれて忘れられていった。近所でよくないことが起きると狐のたたりだと言われたが、徳川家の庇護を受けて破竹の勢いにあった寺は頓着しなかった。

そんなころ、沢蔵司という坊さんが修行にやってきた。風変わりな人で勉強はできるが人と交わらず、修行が終わるとふいにどこかに消えてしまった。寺としてはあれほど優秀な男が出世も求めずに去っていったのが気になって仕方がない。周囲では彼は実は稲荷明神だったのだという噂ものぼる。心の隅で祠を疎《うと》んじていたのを気にかけていた寺は、これはいい機会とその噂に乗じて稲荷社を建立することにした。つまり寺の優位性を損なうことなく、先住の神さまと共生するために生まれた伝説なのではないだろうか。

伝通院の狐の話をしたあと、清五郎は小さな「私」を背負って庭に出て、雪の上に点々と落ちている鶏の血を追っていく。崖を下りた松の根元でその跡は消えており、雪をかき除くと熊笹の陰に穴がありありと透けて見えた。さっそく狐退治の計画が練られ、無事に射止め終わると鶏二羽がつぶされ酒盛りがはじまった。毎日「私」が学校の行き帰りに餌をやってかわいがっていた鶏だった。

「あの人達はどうしてあんなに狐を憎くんだのであろう。鶏を殺したからとて、狐を殺した人々は、それがために更に又鶏《また》を二羽まで殺した」

夜眠りながら「私」は思う。鶏を襲った狐を射止めた祝いにさらに二羽の鶏が殺され、結局三羽が死んでしまった。そのわけが子供心に解せない。

父には鶏の死ではなく、それを襲ったのがだれかが問題だった。狐の出没を知ったとき、父は「怪《け》しからん」と肩を怒らせる。下等な生き物に軽く見られ、人間の価値世界が陵辱されたことに気を立てたのだった。三軒もの屋敷をまとめ買いして大きな屋敷を造った当人としては、自分の理想に破綻が生じたような感じがしたにちがいない。生涯を通じて父に恥と恐れと尊敬の入り交じった複雑な思いを抱いて生きた荷風は、権威主義の象徴としての父親像をこの文章に込めたのだろう。それを子供の目を通して生き物と対照させて描いたところに彼の気のやさしさと弱さが出ているようにも思える。

いまの世の中には荷風の父のような考えは減ってきている。住宅地に現れた野生の生き物に残虐な仕打ちをすれば非難轟々《ごうごう》となることはまちがいなく、義憤よりは同情する気持ちのほうが先に立つだろう。一方、生き物にしてみれば人間の感情とは無関係に生きやすい環境を求めて移動しているにすぎない。要は人間たちが食べ物を提供してくれるかどうかであり、その機会を虎視眈々《たんたん》とねらう。退治する人がいれば去っていき、そうでないなら食べ残しを漁って生きていく、というのが彼らの流儀なのだ。

夜、駅前のネオン街を犬がふらふら歩いているのでよく見たら、鼻が尖ってシッポが膨らんでいる別の生き物だった、とは阿佐谷に住む友人の話である。狸なのかハクビシンなのか、いじめられることはないという確信のもとに飲み屋街を堂々と歩いていたのだろう。

それを見て「怪しからん」と怒って棒で叩く人は現代にはいない。困ったら保健所に電話してどうにかしてくれと訴える。駆除するには変わりないが、自分の手を汚さないというのは荷風の父よりズルい気もするのである。

十四

夕陽の魔術

大久保西向天神社、中目黒の尾根道

歩くうちに日が暮れだし、すると退屈していた足がにわかに活気づく。太陽が頭上にあるときは平板でおもしろみに欠けていた風景も、斜めになった陽射しのもとで繊細な表情を帯び、長い影を引いて劇的に変化する。ごちゃごちゃした街並みがぴんと張りつめたような統一感を生み出し、歩いている自分のからだも風景のなかに溶けこんでいくようだ。

荷風も「夕陽」の項でこのように書いている。

「私は日頃頻《しきり》に東京の風景をさぐり歩くに当って、この都会の美観と夕陽《せきよう》との関係甚《はなは》だ浅からざる事を知った」

「無味殺風景の山の手の大通をば幾分たりとも美しいとか、何とか思わせるのは、全く夕陽《ゆうひ》の関係あるがためのみである」

夕陽を見るのにいいスポットはないだろうか、と考えていて、大久保の西向天神社《にしむきてんじんしゃ》が思い浮かんだ。西に面した険しい崖の上に建っており、夕陽を眺める場所としてむかしから有名だっ

た。荷風の余丁町の家に近く、二階からはその森が見渡せたし、しかもそばには親友の唖々こと井上精一が住んでいたから、荷風もよく足を運んだのではないだろうか。

週末の夕方、久しぶりにその西向天神に出かけてみた。しばらく行っていなかったので、不安と期待が半ばする心境で市谷台町と富久町の町境を歩いていく。

わたしが西向天神を知ったのはニューヨークからもどって間もない一九八〇年代半ばころである。荷風の旧居跡を訪ねたあとに偶然そこを通ったのだが、あれから三十年以上もたつのにその日のことを思い出すとある感興に浸るのは、やはり歩きはじめたのが夕暮れどきだったからだろう。

余丁町に着いたときはすっかり陽が落ち、本命の旧居跡はあまりよく見えなかったが、そのあとで立ち寄った西向天神の風景は強烈な印象となって残っている。新宿のビル街にこんなに厳かな雰囲気の神社があったのかと、ニューヨークの摩天楼ばかりを見てきた目にその情景が深く染み入ったのだった。

道の先には冬枯れの大樹が空高くそびえ、その下に小さな鳥居が見えた。境内は思いのほか広く、すぐ隣が中学校の敷地のせいもあって広々とし、浮世から隔絶した場所に来たような心地がした。土が露出して地面が茶色いことにも、当たり前なのに新鮮に感じてしまう。やわらかな表面を踏みながら、本殿のほうに歩いていった。

急な石段が社殿の前にまっすぐ延びていた。この階段の高さが崖の高さに匹敵するが、高いだけでなく、その傾斜が垂直に切り落としたように鋭く、射しこむ西日がその角度をさらに強調していた。この神社に漂うのは、のどかさではなく孤高さだ、自分はいまそれに惹かれているのだ、と思った。

崖のむかいに高いビルがあるので気がつきにくいが、崖の下は細い谷で曲がりくねった道がついている。最近、谷に遭遇するとこの谷の出口はどこだろう、と考えるのが習いになっている。ただ谷を見つけるだけでは不充分で、それがどこにつながるかがわかったとき、はじめて谷の形状が頭に刻まれるのだ。

なんとなく靖国通りのほうから切れこんでいるように思ったのは、はじめて訪ねたときにそちらから歩いてきたからだったが、そうではないと今回知った。靖国通りにむかって道が高くなっていく。ということは北の方角から切れこんでいるはずで、地形図で確かめると延々と早稲田のほうからつづいているのがわかった。

早稲田は神田川流域の低地で、その名の示すとおりむかしは田んぼだらけだった。農家の人が西向天神にお参りにいくには谷に沿っててくてくと歩いたのだろう。谷はどんどん深く細くなり、この先に本当に神社があるのかと不安になったころ、ふいに鳥居が現れる。鳥居の先につづく長く急な石段を最後の力を振りしぼって上りつめ、腰を伸ばしてうしろを振り返ると、正面から射しこむ夕陽に思わず目を細める。汗の噴いた顔が祝福を受けたように照らし出され、道中の疲れはもちろんのこと、思い惑っていた日頃の悩みさえも一気に吹き飛んだだろう。

日没の時間にここを詣でるとき、神社の霊験は最大限に発揮される。むかしの人はそのことを計算して西にむかったこの丘に建てたのだと心から実感したのだった。

*

裏道好きの荷風は街道には冷たく、「いやに駄々広《だだっぴろ》いばかりで、何一ツ人の目を惹《ひ》くに足るべきものもなく全く場末《ばすえ》の汚い往来に過ぎない」と言いたい放題だが、それでも夕暮れどきには少しは美しさを増すと書いている。

なるほど、四谷に住んでいるので新宿通りをよく通るが、天気のいい冬の夕方、道のむこうから夕陽が射しこみ、道路もビルも橙色に染まってひとつのトーンに統一されるのを見ると、ふと感動を覚えることがある。ばらばらだったものに調和が生まれ、自分もその一部になるような歓びが湧きあがる。おなじく東西に延びた道でも靖国通りではあまりそういう気持ちにならないのは、そこが谷道だからだろうか。丘の陰に入らない尾根道のほうが夕陽の印象は強いような気がする。

夕陽が散歩に及ぼす影響にも浅からぬものがある。印象に残ったものを思い出そうとすると、きまって日暮れの散策が浮かんでくるのである。

忘れられないのは目黒川の西の尾根を歩いたときのことだ。猛暑の夏で夕方になっても暑気が去らず、めげそうになるのをこらえつつ歩いていると、その尾根に遭遇したとたんに暑さが吹き飛んでしまった。一歩踏み外すと片側に落ちてしまいそうな馬の背のように細い尾根だった。西日の落とす影が鋭く交錯するさまが、針の穴を通るような恍惚感をもたらし、地上の時間が寸断され、光だけでできた時空に導かれたようだった。

あの道をもう一度たどってみたい、と思い立ち、夕暮れにはまだ間のある午後に出かけていった。

再開発ですっかり様変わりし、そのせいか風当たりも強くなった気のする中目黒駅の改札をあとにし、線路沿いの商店街を祐天寺の方向に進んでいった。わが街四谷にはこういう商店街がないので物めずらしく、つい引っかかりそうになるのをこらえてひたすら直進し、突き当たりを左に曲がった。

西向天神社周辺図

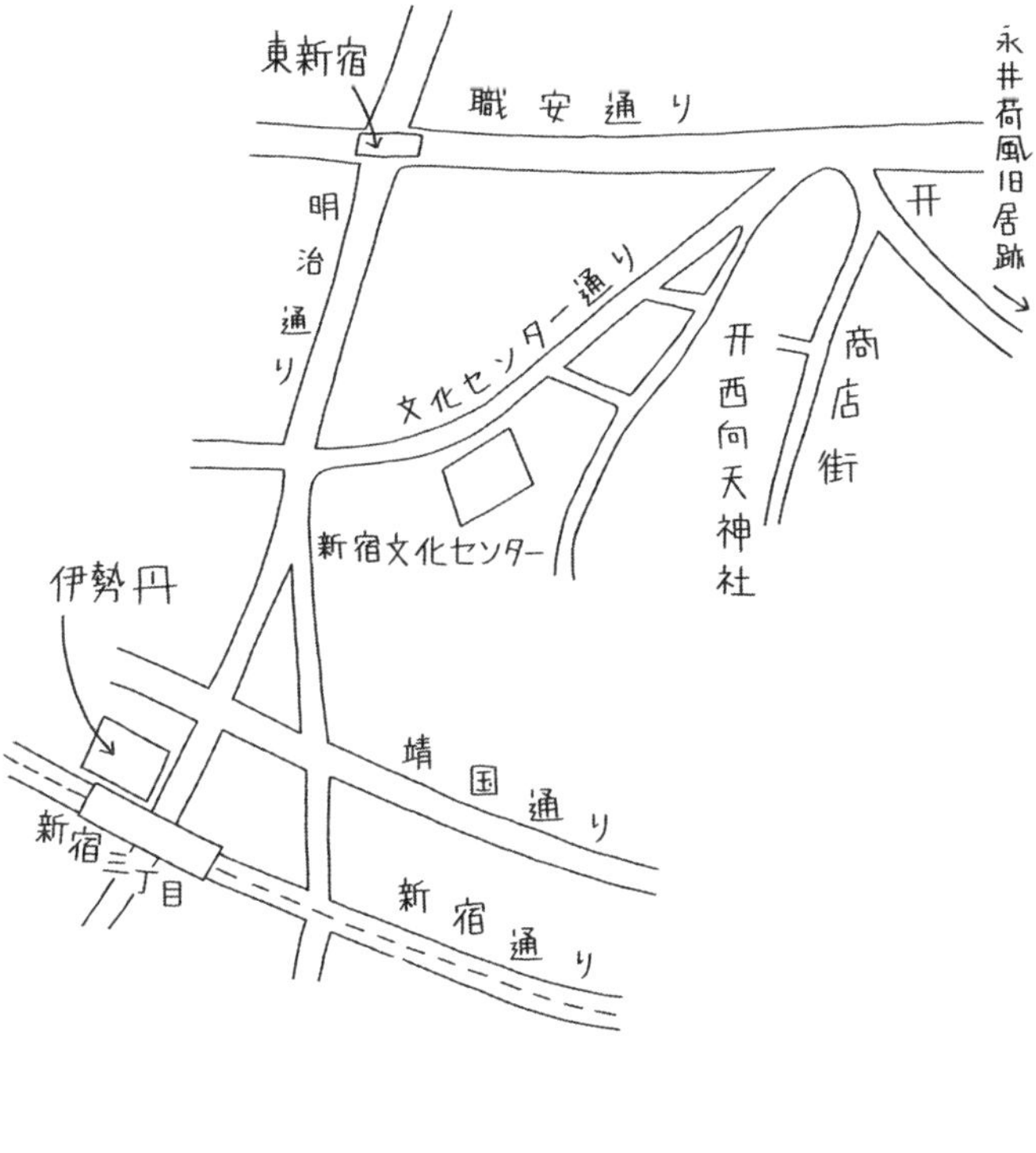
東新宿
職安通り
永井荷風旧居跡
明治通り
文化センター通り
西向天神社
商店街
新宿文化センター
伊勢丹
靖国通り
新宿三丁目
新宿通り

道はゆっくりした上り坂で、歩いているのは若いカップルばかりである。取りかえっこしても支障がないような似かよった服を着たふたりがポケットに手を入れて歩いている。坂を上りきると木立が目に入り、前に来たときにそこを曲がったことがにわかに思い出された。児童公園が神社の境内につながっていて、公園からの眺めがすばらしかったことも毛細管現象のように記憶の底から上昇してきた。

公園の端に立って遠くに視線を延ばす。さっき乗ってきた東急東横線が視界を横断していくが、その速度が妙にゆっくりに感じられるほど風景が大きい。空気の澄んだ日ならば遠方の山々まで見渡せるだろう。

西向天神もそうだが、神社はたいがい見晴らしのいい場所に建っている。寺以上にそうなのは、神社のほうが古くて先にいい場所を取ったからだろうか。ここ天祖神社も谷に突き出た台地の際という絶好のロケーションにあり、高く伸びた木立が傾きはじめた陽射しに輝き、鎮守の森という言葉にぴったりの去りがたいような雰囲気を醸し出している。でもまだ先が長いからゆっくりと味わっているわけにはいかない。

駒沢通りを渡り、むかいの道を入っていった。すぐにまた別の木立が目に入り、このあたりにつづけてもうひとつ神社があったこと、しかもそこには湧水が出ていたことを思い出した。忘れていたことがつぎつぎと出てくるのは歩行の不思議な作用である。机にむかっていれば決して思い出さないことがどこからか染み出してくる。

神社は山手通りのほうからせり上がった台地の上にあり、長くつづく石段の途中に水が湧いていたはずである。寄り道して確かめると、予想したとおりの光景が待っており、記憶のたしかなことに大いに満足してもとの道にもどった。

時計は四時を指していた。雲ひとつない青空が少しずつオレンジ色を帯びてくる。いよいよマジカルな時間の到来だと思うと、わくわくする気持ちを抑えきれない。ゆっくりした上り坂を尾根にむかって進んでいく途中で、たしかこの先は二股路で、その先にキリスト教会があったはずだ、とこれもまた忘れていたことがイモヅル式に思い出されてきた。

射しこむ光を背負って路上に新聞紙を広げてしゃがみこんでいる人影があった。その手にスコップが握られているように思ったのは、路上と新聞紙という組み合わせから園芸の作業以外に予想がつかなかったからだが、近寄ってみるとはずれだった。新聞を読んでいたのである。路面にページを大きく広げて、その前に股を広げてしゃがみこんで……。なぜそこで読まなければならないのか、いくら考えてもわからなかった。飼い猫がまわりをうろつき、新聞の上に立ったり座ったりして邪魔をしているのがおかしかった。

現代では建物の多くは白い色をしている。いつからか白さは新しさのバロメーターになったのだが、ほとんどの家が木造だったころ、目に入る風景はいまよりずっとくすんでいたはずである。荷風のつぎの文章を見てみよう。

「夕焼《ゆうやけ》の空は堀割に臨む白い土蔵《どぞう》の壁に反射し、あるいは夕風を孕《はら》んで進む荷船《にぶね》の帆を染めて、ここにもまた意外なる美観をつくる」

夕陽に赤く染まるものとして土蔵の壁と荷船の帆があがっているのは、それが白さの象徴だったからで、まわりがくすんだ色のものばかりだったために目立ったのである。ひるがえって現代はどこを見ても白い建物だらけで、白さに何の取り柄もないどころか、それを嫌がっている自分に気づく。

たとえば歩いている途中でどちらの方向に行こうかと迷っているとき、煮しめのような茶色の建物がちらっとでも見えれば即座にその角を曲がってしまう。白さ一辺倒の街を腹の底で嫌悪しているためで、そういうものを見るとつい反応してしまうのだ。

この漂白されたような白さが後退するのが日暮れどきなのである。いまいましさの元凶が引っこむゆえにこの時刻の散歩は楽しく、心やすらぐ。夕陽が現代に生きていることをしばし忘れさせてくれるのだ。

いま歩いている細い尾根道には高い建物はまばらで、個人住宅や低層マンションのほうが多い。建物が切れて西日が射しこむごとにハレーションを起こしたように風景が白くすっ飛ぶ。電球を直視したあとに瞼に浮かぶ像が幻想的な気分にさせるのに似て、この一瞬の空白が別の時空に連れていく。

奇妙な光が物陰に落ちていた。当たっているというより、浮かんでいるという感じの丸い光がゆらゆらと揺れている。なにかに反射しているらしい、と気がついてあたりを見まわすと、車両用の凸面鏡が道の角に立っていた。

なるほど、これぞ現代ならではの夕暮れの情景である。夕陽が光るものに反射して町に別の表情を生みだす。荷風のころにも二階の窓に西日が反射することはあっただろうが、いまほど家が建てこんでないからその光は庭に落ちる程度で、散歩者の足を止めさせるには至らなかっただろう。

ひるがえって、現在は反射するものがやたらと多いのである。建物についている金属の装飾板、ステンレスのシャッターや郵便受け、自動車のミラー、自転車のアームやスポークなど、光るものをあげれば切りがない。壁面がすべてガラスでできているビルなどは鏡が立っているも同然で、しかも高層の建物ならばとんでもなく離れた場所に光が落ちることがある。足もとの光が気になって見まわしたら、遠くのビルの反射光だったということがよくあるのだ。

反射している現場を見るのは好きではないが、それが落とした光には心惹かれるものがある。さまざまな角度に反射し、光のポリフォニーと呼びたくなるような光景になる。

頭上を行き交う電線も、そう思って眺めれば夕暮れの街を演出する脇役である。荷風は電線のことを怒っているが、現代に比べたらかわいいものだっただろう。たるんでいたり、螺旋《らせん》になっていたり、太かったり、細かったり、繊細な影がさながら五線譜のように建物の壁を彩っている。夜の街に変身する逢う魔が時に夕陽が街にほどこすメークアップのようだ。

と、いきなり視界が開けて公園に出た。なべころ坂緑地公園といい、鍋がころがりそうな急坂が北から上って尾根を越え南に下っている。その尾根の頂点のところには屋根付きの祠があり庚申塔が立っていた。

説明板に、いま歩いている道は古くは目黒不動方面と宿山方面（旧上目黒村）を結ぶ幹線道路だったとある。由緒ある道だとはうすうす気づいていたが、その根拠がわかってすっきりした。日没が近いせいか尾根が一層細く感じられる。さあ、光が消えないうちに先を急ごう。

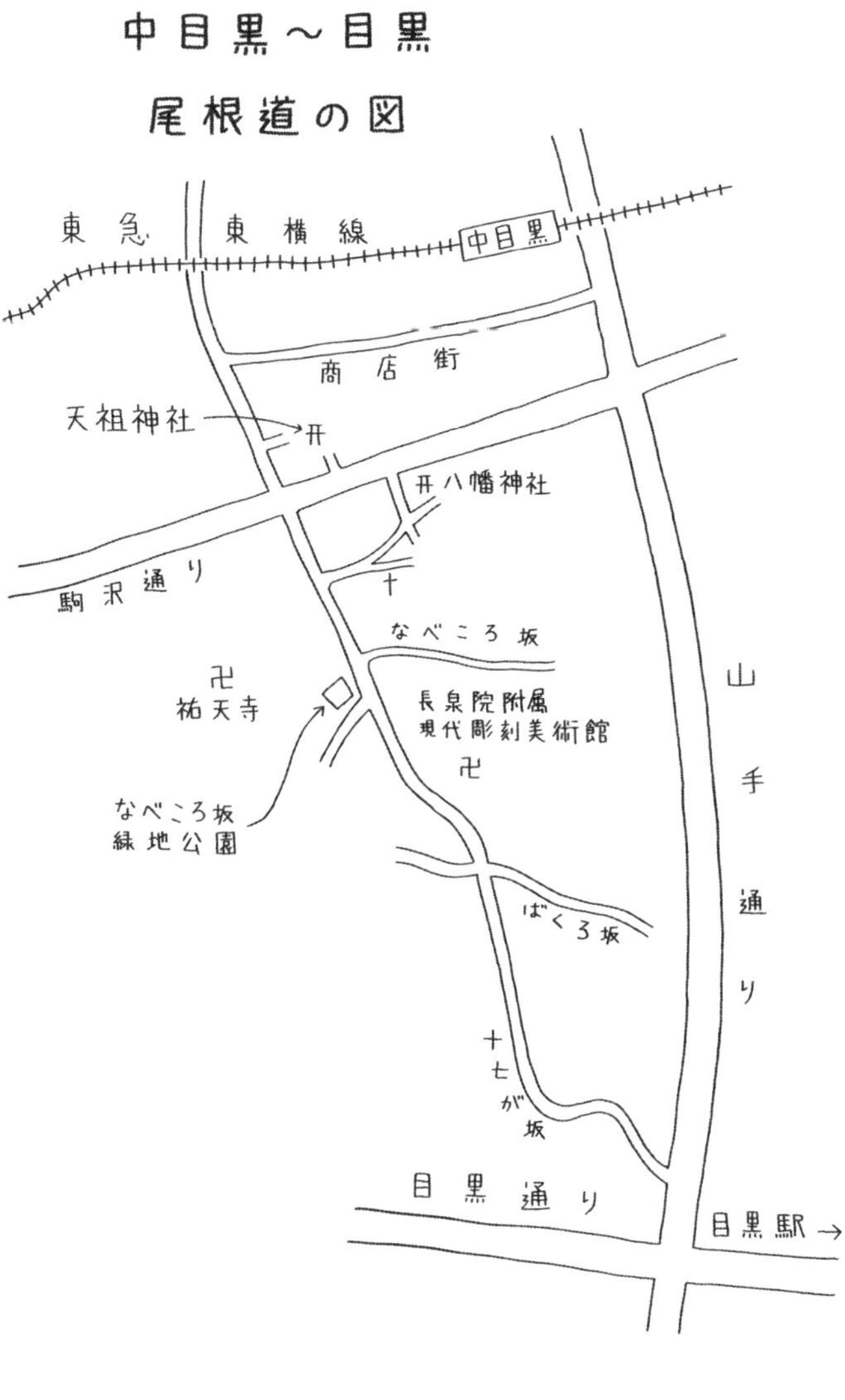
中目黒〜目黒
尾根道の図
東急 東横線
中目黒
商店街
天祖神社
八幡神社
駒沢通り
なべころ坂
祐天寺
長泉院附属
現代彫刻美術館
なべころ坂
緑地公園
山手通り
ばくろ坂
十七が坂
目黒通り
目黒駅→

個人住宅ともマンションともつかない雰囲気の建物が目の前にあった。コンクリートのビルに改装されているが、長泉院という寺である。そのとたん、かつてこの道を歩いたときの記憶がよみがえってきた。

そのときはもっと遅い時間で薄暗くて見えづらく、寺よりも先に現代彫刻美術館という看板が目に入った。不思議に思って寄っていくと、建物のほうは開館時間が過ぎて閉まっていたが、野外の彫刻庭園は出入り自由なのがわかり、足の向くまま石段を下りていった。

ところどころに彫刻が置かれ、やがて北の斜面に張り出した円形のテラスに出た。まわりから見つめられているような視線を感じ近寄ってみたところ、等身大の女性像にぐるりととり囲まれていて、それが裸体像だったのにぎょっとなった。

あのときはわたしひとりだったが、今日は女性がひとりベンチに座っていた。彫刻の一部になったようにぴくりとも動かずに前を見つめている。その張りつめた空気が尋常でない気がして畏怖を覚えて早々に退出した。

＊

この彫刻庭園も美術館も寺のコレクションを入場無料で見せている。彫刻作品は重くてかさばるからコレクションするにも覚悟がいるが、境内ぜんたいを彫刻庭園にして集めた作品を展示し開放している。いまどき都心でこれほど寛大な施設はめずらしいだろう。墓所にすれば懐がうるおうだろうにと下世話な想像をし、作品以上に芸術への入魂ぶりに圧倒されて言葉が出なかった。人を無言にさせるという意味では寺らしい空間のようにも思えた。

ちなみに長泉院は作家の武田泰淳の実家で、武田百合子のエッセイには、ここに暮らしていたときに達筆ぶりを買われて卒塔婆書きをさせられた話が出てくる。ふたりはここの墓地に眠っている。

四つ辻に出た。北側から上ってきた曲がりくねった坂道が、尾根をまたいで南に下っていく。尾根道のほうは交差する部分だけが腰を落としたように低く、そこを過ぎるとまた上昇する。

坂道をまたがせるために土を削ったのだろうか、それともはじめからこうなっていたのだろうか。そんなささいなことが気になるほどめずらしくも魅力的な地形で、眺めるうちに建物が消え、雑木林と草地だけのむかしの風景にもどり、四つ辻に一本の松の木が現れた。下に茶屋があり、坂を上ってきた人が編み笠を脱いで、お茶をすすりながら夕陽を眺めている……。

そう、峠の原風景に近いのである。それが心に引っかかって立ち去りがたい気持ちにさせる。坂の南側を染めている鈍色の光もその想像に加勢し、なんだか時代劇の主人公になったような気持ちがしてくる。

そろそろ今日の散歩は終わりにして、茶屋で喉を潤してもいいころかもしれないと、さっきまではなかった考えが頭のなかに染みだしてきた。

以前来たときは、この道の先に屋根付きの門のある古風な屋敷があった。枝振りのいい松が道のほうに伸び、輝く西日とそれがつくる影が一幅の絵のようだったが、マンションに建て替わり、松の木だけが残っていた。

かつて新聞記事にその屋敷と松の木を撮った写真を載せたら、屋敷のご主人より、その写真を頂けないだろうか、と手紙が届いた。家を取り壊したときに写真を撮り忘れたという。私も気に入っていた写真だったので、喜んでいただけるならとさっそくお送りしたのがつぎの見開きの写真である。

ここに来たのはそれ以来だが、たしかに風情ある屋敷は消えていたけれど、松の木の姿は写真で記憶している通りだったのに安堵した。南側に大きな建物がなく、道幅もちょうどいい。時間と空間が見事に調和した光景に感心して見入るうちに、いま欲しているのは紅茶とケーキではなく、丁寧に淹れたお茶と和菓子なのだと確信した。

早くもその味覚が記憶をたどって口のなかに這いあがってくるのを感じ、急ぎ足で尾根を下りていった。

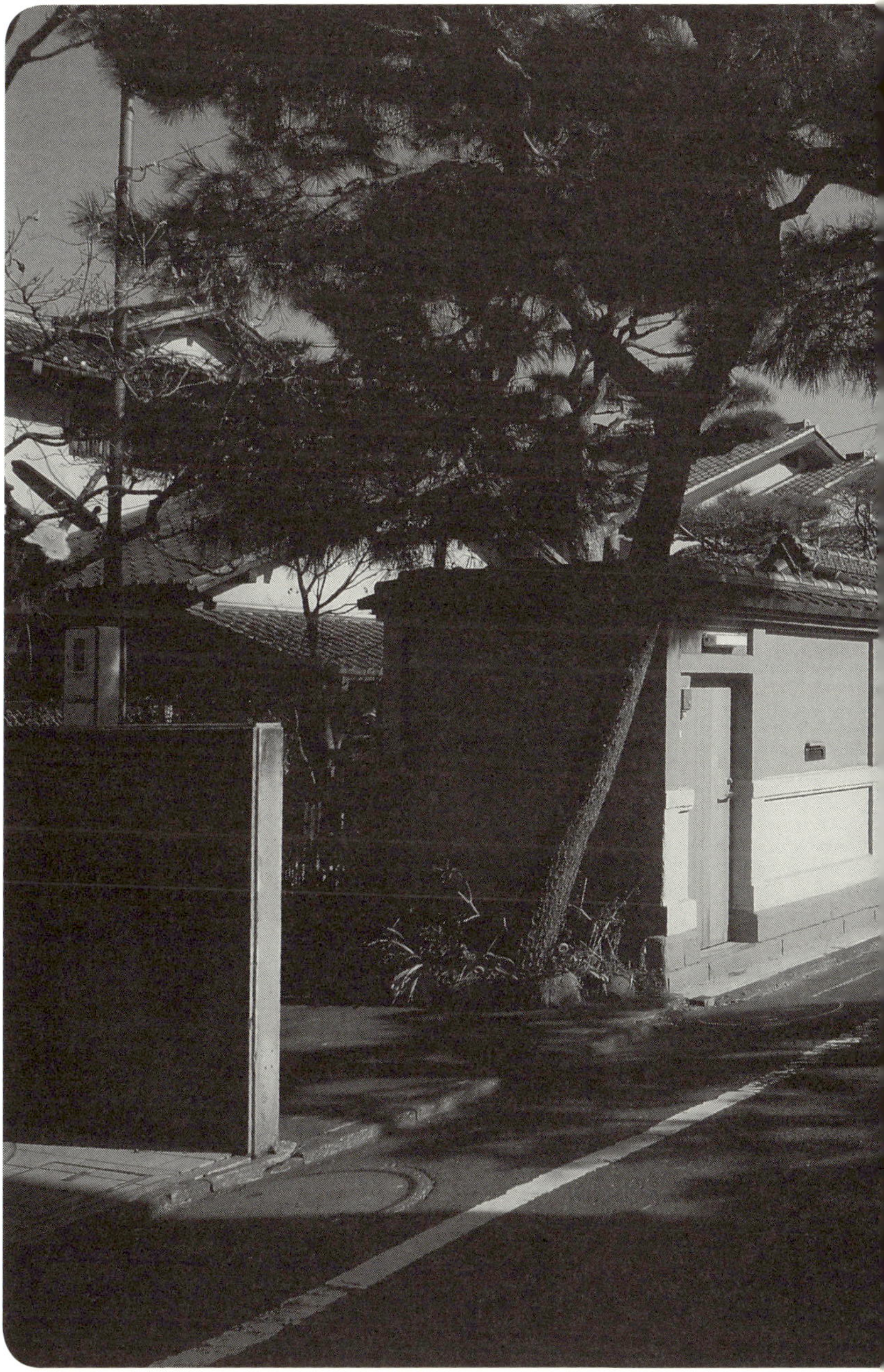

十五

荷風と結婚

散歩に出たくなるわけ

『日和下駄』を片手に、荷風のあげた十一の項目に沿って行った散策は終わった。最後に当時の彼の生活ぶりがどんなだったかを書いておこう。というのは『三田文学』に「日和下駄」を連載していた前後、彼の身辺には人生の一大事がつぎつぎと起きているのである。こうもり傘をもってふらふらと歩いている場合じゃないぞ、と他人事ながら気になるほどだ。しかし、そういうときにのんきを装ったところが荷風らしいともいえる。

連載がスタートしたのは大正三年八月。その年の三月、荷風は八重次という芸者と入籍し、余丁町の屋敷で新生活をはじめている。そう、「日和下駄」は新婚時代に書かれたのだった。とはいうものの、荷風がこの生活になじんだとは思えない。荷風には「前科」があった。二年前の秋に親の決めた人と結婚している。相手は湯島の材木屋の娘で斎藤ヨネといったが、荷風は結婚の前からつきあっていた八重次のもとに入り浸ったまま家に寄りつかず、ほとんど実態のない結婚生活に終わった。

前年末の雪の降る日、愛玩の松の盆栽の枝が雪で折れるのを心配した父が、取りこもうと庭に出て脳溢血で倒れたときも、荷風は家にいないどころか、居所もわからなかった。八重次と箱根の温泉旅館にしけこんでいたためで、連絡がつかずに家中大騒ぎになった。

年が明けて二日に父は亡くなった。荷風はどうにか臨終に間に合ったものの、父の意識はすでになく、言葉は交わせなかった。

このときの後悔が後々まで尾を引いたことは『断腸亭日乗』を読むとわかるが、当時の彼の行動にはそんな気配はみじんもうかがえない。二月十七日にはヨネとの離婚を申し立てて、斎藤家の求めで五百金を払って離縁するなど、しょげるどころか生き生きしているほどだ。八重次との縁はますます深まり、荒木町に借りた彼女の部屋で過ごすことが多くなる。

この荒木町の別宅は荷風の自宅とは徒歩二十分ほどの距離で、しかも四谷通り（現新宿通り）に出る途中にあって足の便がよかった。二階の窓辺に荷風が座っていたり、親友の井上啞々が寝転がって本をめくっている写真などが残っている。八重次と三人で唄三味線の稽古をすることもあったようで、気軽な暮らしぶりがうかがえる。

意外なのは、このころから八重次が余丁町の家にもやってくるようになったことである。それも挨拶してお茶を飲んで帰るという程度の訪問ではなく、荷風の書斎に上がりこんであれこれと家事もこなしたのだった。

短篇「矢はずぐさ」はそのころを回想した作品だが、八重次は書斎に積んである小説や雑誌を開いて読んでみたり、庭に出て花を摘んで机に飾ったり、荷風の父の蔵書の破れを繕ったりと甲斐甲斐しさを発揮した。夕暮れになるとふたりで連れだって端唄を習いにいくところなど、実に麗しい光景である。

父は八重次のことを知らずに亡くなった。三十を過ぎてもぶらぶらしている息子に所帯をもたせようと嫁探しに奔走したのも、そういう女性がいるとは知らなかったからである。いや、知らされたとしても許したとは到底思えない。荷風もそれがわかっていたから言い出しにくかったのだろう。

家族のなかでただひとり告げられていたのは母の恒《つね》だった。荷風は愛人がいることを恒だけに明かしていたのである。父には頭が上がらず緊張しどおしだったのに、母にはこういう人とつきあっていると話せたのだから、荷風にはマザコンの気味があった。

母のほうにも、悩みを気楽に打ち明けられるような寛容な雰囲気があったのだろうが、それにしても夫のいなくなった家に息子の愛人が出入りするのを認めたというのは、驚くほど開けた女性である。八重次が深窓の令嬢ではなく、玄人の女性だったことを考えると、なおさらそう感じられる。現代でも水商売の女性を家に引きいれれば眉をしかめる母親は多いと思うが、ときは大正時代、格式のある家柄で屋敷は巨大、しかも息子は大学の教授、などを考えあわせれば相当に肝のすわった女性であるのがわかる。

恆は儒学者の家庭に育ち、本人もその母もキリスト教徒だった。実家は下谷にあり、荷風も子供のころによく訪ねていったが、鎧兜《よろいかぶと》と十字架という両立しないものが家のなかにあるのが不思議だったと書いている（「下谷の家」）。

人を偏見で見ないで公正に判断する懐の深さを恆がどこで身につけたのかわからないが、ともかくこの時代の主婦としてはインテリ家庭出身というだけでは理由のつかない広い心の持ち主であり、それを思うと、荷風が母には気を許していたのもなるほどとうなずけるのである。

一方、八重次のほうも負けてはいない。芸はできても頭はからっぽという芸者ではなく、新橋では名うての「文学芸者」として知られ、若い小説家には彼女のファンが多かった。いまでいう文壇バーの人気ママだが、読書量も教養も並のものではなく、漢文や行書体も読解でき、家に来ると荷風の父の和漢書をひもといては盆栽の手入れや硯にこびりついた墨の滓《おり》を洗い落とす方法などを調べ、実行した。この勉強家ぶりに母はいたく感心する。とくに居間にかけてあった軸をすらすらと読み下したときには、なんと教養ある女性だろうと仰天したらしい。

荷風は子供のときから胃腸が弱く頭痛もちだったが、このころにその頭痛に半月ほど悩まされたことがあった。八重次は煎じ薬がいいと言って、四谷や赤坂の土手にゲンノショウコを摘みにいっては煎じて飲ませた。それまでは主治医に駆けこむしかなかったのに、八重次のすすめではじめて試した薬草で荷風はすっかり元気をとりもどす。

かいがいしい看病ぶりに母が心を動かされなかったはずはない。この女性になら息子を託しても大丈夫だと思ったのだろう。大正三年、八重次は正式な妻として迎え入れられる。八月に山谷の八百善でおこなわれた披露宴は、親戚抜きで友人だけが集まったが、母だけはその席に招待された。別格扱いである。

酒が入って宴たけなわになったとき、いい気持ちになった新郎は「おい花嫁踊れ」と言いだした。「地は?」とたずねると、「おれがやるっ」と言って荷風は唄いはじめ、花嫁花婿が唄い踊るくつろいだ席になった。

八重次は踊りながらそっと姑の顔をうかがった。心からの笑顔を見せているのがわかると感激のあまり涙がにじみ、踊り終わってもしばらく頭があげられなかったと回想している(『主婦の友』一九五一年九月号)。

このように姑との関係は悪くなかったものの、短い結婚に終わり、荷風の心に大きなしこりを残すこととなった。原因の多くは荷風自身にあった。彼は結婚しても花街に通うのを止めず、そのことに八重次が立腹し、いさかいが絶えなかった。荷風にしてみれば、これまでも通っていたことだし、そう目くじらを立てなくてもという気持ちだったのだろうが、八重次には我慢ならなかった。隣家にも聞こえるような大声で口喧嘩することがあったらしい。

大正時代のことだから、家庭にもちこまなければ見ないふりをする女性もいただろう。一回目の結婚相手の斎藤ヨネならそうしたかもしれない。八重次がそうでなかったのは、彼女自身がかつてその世界に身を置いていたからだろう。花柳界から足を洗ったつもりが、夫は平然としてその世界にひたり切っている。そのことが理不尽で我慢がならなかったという八重次の気持ちはよくわかる。

それに加えて、一緒に暮らしてみると荷風は細かいことに口を出す男だった。コーヒーは自分で挽かないと気が済まない。パンの厚みもこれこれと決まっていて自分で切りたがる。急須にお湯をさせば手で触って温度を確かめる。主婦になろうと張り切っていた彼女は出鼻をくじかれた思いがしただろう。

当時の結婚は多くの女性にとって生活の手段であり、「就職」と思えば多少のことは目をつぶってやりすごした。だが自分で稼げる腕をもった八重次はそうではなかっただろう。家庭生活に純粋な思いを抱き、荷風との仲睦まじい暮らしを願って一緒になったのだった。

それが叶わぬ夢とわかったとき、彼女の決断は早かった。もう我慢する必要はないとばかりに激しい文面の置き手紙を残し、荷風のもとを去ってしまったのである。

出奔は大正四年二月十日夜で、歌い踊ったあの披露宴から半年もたっていなかった。

以下が八重次の怒り心頭に発した文面である。

「まるで私を二足三文にふみくだしどこのかぼちゃや娘か大根女郎でもひろつて来たやうに御飯さえたべさせておけばよい夜の事は売色にかぎる夫がいやなら三年でも四年でもがまんしているがよい夫は勝手だ。女房は下女と同じでよい。『どれい』である。外へ出たがるはぜいたくだとあたまっから仰せなされ候」（秋庭太郎『考証　永井荷風（上）』岩波現代文庫）

もしも八重次の言うとおりだったならば、父の封建性や権威主義には大いに抵抗した荷風だが、こと家庭と女性については父とおなじ穴のむじなだったわけである。

この結婚は永井家の家族内にも大きなしこりを残した。

弟の威三郎は大学教授の立場で芸者と親しくなり、父の没後すぐに正妻を離縁してその女性を入籍した兄が許せず、最初からこの結婚に反対した。

おなじ家には住みたくないと屋敷を取り壊し、別邸を建てて母とそちらで暮らすという選択をする。彼は母とおなじくキリスト教徒で温厚な人柄だったが、けじめを重んじる気持ちが強く、のちには兄と戸籍も別にして民法上の兄弟関係を断ってしまう。

威三郎は所帯をもったあとも母を引きとり、恆は彼の家族に看取られて亡くなった。その家に荷風は近寄ろうとしなかった。その意志は異様なほどかたく、母の危篤を伝える遣いの者が来たときも無視し、あれほど慕った母と最期の別れすらもしなかったのである。『断腸亭日乗』には「余と威三郎との関係」と題して不和の理由が列挙された箇所がある。威三郎が結婚したときに知らせてくれなかったとか、関東大震災のあとに母を見舞いにいったときに威三郎の子供が「早く帰れ」と連呼し、しかも威三郎がそれを止めなかったとか、恨みの数々を書きとめているところが子供っぽいというか、執念深いというか、いかにも荷風らしいなと苦笑してしまうが、こうした確執のもとはこの時期にはじまり、その溝は終生埋められることがなかったのである。

こうした事情を頭に入れつつ読み返してみると、『日和下駄』に漂うのどかさがかえって異様に感じられてくる。妻に逃げられ、血縁からは冷たい視線を浴び、孤立無援の状態の男がこう書くのだ。

「その日その日を送るになりたけ世間へ顔を出さず金を使わず相手を要せず自分一人で勝手に呑気《のんき》にくらす方法をと色々考案した結果の一ツが市中のぶらぶら歩きとなったのである」

「私は唯目的なくぶらぶら歩いて好勝手《すきかって》なことを書いていればよいのだ。家《うち》にいて女房《にょうぼ》のヒステリイ面《づら》に浮世をはかなみ、あるいは新聞雑誌の訪問記者に襲われて折角掃除した火鉢《ひばち》を敷島《しきしま》の吸殻だらけにされるより、暇があったら歩くにしくはない。歩け歩けと思って、私はてくてくぶらぶらのそのそといろいろに歩き廻るのである」

「世間へ顔を出さず」のところからは、親戚家族から冷たい目で見られて「世間体」が保てない状態にあったのを想像させるし、女房のヒステリイ面に浮世をはかなむより暇があったら歩くほうがいいというところも、比喩よりも実感のように思える。

やがては世間体も親戚関係もかなぐり捨て、好き勝手な生き方を徹底していく荷風だが、三十代半ばのこのころはまだ半身を世間に置いているから居直りきれていない。

呑気を装っているだけで、心のなかは忸怩《じくじ》たる思いでいっぱいだった。身から出た錆とはいえ、なにもかもがうまくいかずにほとほと参り、理由をつくって街でも歩いてないとやってられないような気分だったのではないだろうか。

そんなときはうじうじと考えこむより散策しているほうがいいと、彼は「てくてくぶらぶらのそのそといろいろに歩き廻」った。

歩いていると目先の変化につれてもやもやが晴れ、心が澄んでくる。そこに映るのは、体質も好みも価値観も親兄弟とは他人のように隔たっている自分の姿だった。どうしてこういう人間になってしまったのか、考えてもわからない。これぱかりはどうにも矯正のしようがない。自分はこうしか生きられない人間だ、と思い定めて生きるしかないのだ。

さいわい荷風は歩くことは子供のときから好きだった。歩けば活力が湧いてくることを、体感としてつかんでいた。足を前に出せば一緒に気持ちも前に進み、帰宅したときには別の自分になっている。散歩は家からの逃避であり、自分への景気づけであり、みそぎでもあったのである。

このように、一方に自分自身への諦念を抱えながら書かれたのが、初の散歩エッセイ、『日和下駄』だった、ということに、人生の深遠をかいま見る思いがする。行間からは、歩け、歩け、と叱咤し、下駄を鳴らしながら憂鬱を払いのけて歩く荷風の姿が浮かびあがってくる。

わたしも荷風にならって、気持ちがくさくさしたり、つまらぬことで心が狭くなったり、呼吸が浅くなっているときは思い切って外を歩いてみる。

足を動かし、目に見えるものに注意を向けるうちに、ネガティブな感情は不思議にも去っていき、物事を肯定したい気持ちが頭をもたげてくる。

目的なく歩いているとき、人は五感をくまなく使って原始の状態にもどっているのだろう。

空っぽになった器にはきっと前よりもいい考えが浮かんでいるのである。

あとがき

本書の元となった『日和下駄とスニーカー　東京今昔凸凹散歩』が洋泉社より出版されたのは二〇一二年で、数年して品切れ状態になり、よく人に、あの本はもう手に入らないのでしょうか、と訊かれました。そんな事情を耳にした亜紀書房の内藤寛さんが、改訂版を出しましょう、と言ってくださったのは昨秋のことです。

それならば、書かれている内容を最新の事実にアップデートしようと思い、出てくる場所を歩き直し、散歩コースを再検証し、文章と地図を修正いたしました。加えて、「七つの丘を越えて」という散歩コースを新たに入れ、地図を大きく見やすくし、また撮りおろしのカラー写真を載せた口絵ページを増やしました。町歩きの楽しさをより深く味わえるものになったのではないかと思います。

振り返ってみると、毎日新聞の日曜版に二〇一一年四月から一年余り、「日和下駄とスニーカー」というタイトルで連載をしたのが本書のはじまりです。文章と写真と地図をひとりで担当し、しかもそれが毎週のことだったので大変でしたが、大変なことほど楽しみも大きく、充実した一年間を過ごしました。改訂のために都心の各地を再訪しながら、そのときのことを思い出し、おなじ興奮に浸っている自分を発見しました。多くの場所が変化していましたが、それを見届けることも、町歩きのひとつの指標になるものです。

あっちを歩いているあいだに、こっちでもう工事がはじまり、少し前に目にした姿が一時も留まらずに変わっていくのが東京という場所です。変化と増殖のスピードがただ事ではなく、そのことに呆れ、嘆き、驚きつつも、歩くのを止められないのは、都市という空間が人間の意思や意識を超えたものに彩られている不可思議さを感じるからかもしれません。醜悪な再開発を目にしてうんざりしていると、ふと足を踏み入れた稲荷神社でけったいな顔をした狐の石像に巡りあう、なんてことはしょっちゅうで、時間の層がこれほど複雑、かつ広範囲またがって折り込まれた都市は、世界的に見ても東京のほかにないのではないか、と感心するのです。

　町を歩くにはどこを歩いても構わないのに、どこでもいいとなるとかえって歩きだせないものです。駅にむかっている最中に、まだどこに行くつもりかわかっていないことが私自身よくありますし、電車に乗ってもまだ決まらず、だれかがここと言ってくれたらいいのに、と人頼みの気持ちになることすらあります。

　迷う気持ちをうまくチューニングして、一歩を踏み出すことから散歩ははじまります。それがうまくいけばもうこちらのもので、歩むごとに身は軽くなり、透明になり、世の中の雑事が霞のように消えて、流れる川のようにどこまでも歩いていけるのです。

　この本が、その最初の一歩を踏み出すきっかけになればうれしいです。

二〇一九年五月

大竹昭子

本書は二〇一二年に洋泉社から発行された『日和下駄とスニーカー　東京今昔凸凹散歩』を、現時点の情報に合わせて改稿し、「七つの丘を越えて」（二〇一二年八月「東京人」）に加筆してまとめたものです。本書に登場する建物や施設などの情報は二〇一九年四月時点のものです。

大竹昭子（おおたけ・あきこ）

1950年東京生まれ。小説、エッセイ、批評など、ジャンルを横断して執筆。小説作品に『図鑑少年』『随時見学可』『ソキョートーキョー』、『間取りと妄想』など、写真関係の著書に『彼らが写真を手にした切実さを』『ニューヨーク1980』『出来事と写真』（畠山直哉との共著）、『須賀敦子の旅路』などがある。無類の散歩好き。写真も撮る。

朗読イベント「カタリココ」を主宰。

http://katarikoko.blog40.fc2.com

東京凸凹散歩　荷風にならって
大竹昭子

2019年7月26日　初版第1刷発行

文・写真・地図原案——大竹昭子

発行者——株式会社亜紀書房
〒101-0051
東京都千代田区神田神保町1-32
電話(03)5280-0261　振替00100-9-144037
https://www.akishobo.com

装丁——坂川栄治＋鳴田小夜子（坂川事務所）
地図——たけなみゆうこ
DTP——コトモモ社
印刷・製本——株式会社トライ
https://www.try-sky.com

Printed in Japan